いつか深い穴に落ちるまで

山野辺太郎

JN167383

目次

発案者は、運輸省の若手官僚、山本清晴《やまもときよはる》だった。
日本とブラジルとを直線で結ぶことはできないか。そう彼は考えた。カウンターテーブルには、飲み干された焼酎《しょうちゅう》のコップと、皿に残った数本の竹串《たけぐし》。発案に至るまで、妙な言葉の連なりが、脳裏をぐるぐるとめぐっていた。

底のない穴を空けよう。
肉のかたまりに、串を刺す。
すると、底のない穴ができる。
地球にだって、それはできる。
土のかたまりに、底のない穴。
できるはずだが、串はどこにある？

そして突然、新しい事業の種がこぼれ落ちたのだ。地球に突き刺す串がどこにあるのかは、追い追い探ってゆけばよいだろう。困難な道のりが始まるとも思わず、彼は楽観的だった。

会計を済ませてやきとり屋を出ると、夜空をうっすらと覆った雲を透かして、光の強い星がいくつか、点々と姿を見せていた。沿道には、波形のトタンや黒ずんだ木材をミノムシのように継ぎ合わせてできた窮屈なバラックが建ち並び、闇市をかたちづくっている。一九四五年の敗戦から、まだ幾年と経っていなかった。

中国大陸から東南アジア、太平洋《たいへいよう》の島々を戦場としながら永く続いた戦争の末年、陸軍記念日であった三月十日の未明に、東京は米軍機による大がかりな空襲に見舞われた。地表は赤く燃え、そして一面、黒々と焼けただれた。自身、東京に居合わせなかったあの夜のことを思うと、山本は言い知れぬ痛苦を覚えずにはいなかった。木造家屋の密集した下町で、無数に撒《ま》かれた焼夷弾《しょういだん》が爆発とともに油脂を飛び散らかして猛威を振るい、五ヶ月のちに原子爆弾の投下される広島と長崎にも並ぶほど大勢の死者が出た。おびただしい亡きがらが、都内各所の寺院や公園、空き地に仮埋葬された。やがて、焼け残った桜の木々から、ほのかに赤みを帯びた白い花弁がひらいて、生き延びた人々の目をつかのま惹《ひ》きつけ、静かに散っていった。東京の街に焼夷弾が降ったのはあの夜だけではなかったし、日々、全国のあちこちの街が空襲で焼かれていた。沖縄は、激しい地上戦の惨禍にさらされた。

竹槍《たけやり》によってでも戦い抜くことが唱道された戦時体制は、国内外で多大な犠牲を生んだすえに瓦解《がかい》した。現人神《あらひとがみ》と呼ばれた昭和天皇は人間宣言をし、鬼畜米英と呼ばれた敵国人たちもまた人間となった。進駐軍の若い米兵たちは、爆弾でもなければ機銃掃射の弾丸でもなく、子供たちにチョコレートをくれた。身元不明のままやむなく何十体とまとめて大きな穴に埋められていた大空襲時の亡きがらたちは、掘り出されて火葬に付されていったけれど、忘れ去られたまま仮埋葬の地から仮の字がうやむやに消えてゆくこともあった。焼け跡には、人々の生活の場がしぶとくよみがえり、おおやけの配給物資だけではとうていまかないきれぬ需要を満たす闇市が、各地でにぎわいを呼んでいた。

新橋《しんばし》の闇市の横丁を、安酒に顔を赤らめた人々が、ひしめきながら往来している。その一人として道を行く山本が、さきほどまでちびちびと飲んでいたのはカストリと呼ばれる粗悪な焼酎だった。工業用アルコールを用いたバクダンなる代物も流布していたものの、こちらには手を出さぬようにしていた。しばしばメタノールが混入しており、その毒気に当てられて死者も出ていた。戦火をくぐり抜けた果てにアルコールのバクダンにたおれては元も子もないとの自制心が、山本に働いていた。

生き残った自分には、なさねばならぬことがあるはずだ。それは何か。さっき、はっきりとつかんだ気がした。山本は、胸のうちにともったひらめきの灯《ひ》を、酔いの醒《さ》めるとともに消さぬようにと念じつつ、人混みに交じって一歩一歩、地面の存在を確かめるような足取りで夜の細道を踏みしめていった。

翌日、彼は上司に話を持ちかけた。我が国の大地に、ブラジルへと続く、底のない穴を空けましょう、と。

「なぜ、そんな穴を？」

上司の田中《たなか》が尋ねた。

「だって、近道じゃありませんか」と当然のことのように山本が言った。「船でブラジルまで行くのに何日かかるんです？」

「そうは言うが、君は知っているのか。日本から真下に穴を掘っていったら、そこはブラジルじゃない。ブラジルの近くの海底にぶち当たるんだぞ」

「つまり、大西洋《たいせいよう》の海水で我が国土が水浸しになる、と？　でしたら、中心を少し外して掘っていけばいいんです」

熱を帯びながらたたみかけてくる青年の口ぶりに押されるように、田中は言った。

「資源も何もない国で、何もない穴を掘ってそれが一大事業になるのなら、けっこうなことかもしれないが……」

そもそも、平和の時代に興すべき新事業の計画がいま求められているのだと、若い山本を焚《た》きつけたのは田中だった。山本は法科の学生のときに戦局悪化の状況下で学徒出陣の隊列に加えられたが、出撃に備えた訓練に従事するうち敗戦を迎え、役所に勤めはじめたのだった。田中にしてみれば、戦時には戦時の職責を、平時には平時の職責を忠実に果たすのが官吏の務めであって、かつて鉄道省時代に南満《みなみまん》州鉄道《しゅうてつどう》を管轄する業務に就いていたころをなつかしむ気持ちもすでに薄れて、狭い国土のどこに鉄路を敷くのがよかろうと頭を悩ませていたところだった。そんな田中の求めに対し、山本は意想外の企画をもって応《こた》えた。山本にとっては、単なる平時の職務を超えて、落としそびれたみずからの命の活《い》かしどころと受け止められていたに違いなかった。

底のない穴を掘る新事業の計画書が、山本の手によって起草された。それから事業化が正式に決定するまでに数十年の歳月を要することになろうとは、彼も予想しなかったことだろう。幾多の会議のなかで、事業の必要性を裏づけるさまざまな名目が浮上しては、時勢とともに流れ去っていった。

第一に唱えられたのは、敗戦で壊滅的な打撃を受けた航空産業に取って代わる新たな交通手段の開発、ということだった。戦時中にはゼロ戦をはじめとする戦闘機を製造し、資源の枯渇した状況下においても、お寺の鐘を金属資源として供出させたり、木製の戦闘機を試作したり、松の根っこから燃料となりうる油を抽出したりと、あらゆる工夫が試みられたものだった。アメリカ本土に空からの攻撃をしかけるために、和紙を使って巨大な風船を造り、爆弾を吊《つ》り下げたうえで偏西風に乗せて飛ばすことさえ実行した。戦後、軍事上の脅威となりうる産業は、占領政策を担ったGHQによって規制され、その一環として航空機の開発も禁じられた。そこで、別の方法で高速移動を実現できないか、ということが議論の的となった。

第二に、紛争解決手段としての戦争を放棄し、世界の平和を希求するという姿勢を示す記念碑的構築物の整備。連合国側の諸国と講和条約を締結し、独立した国家として国際社会に復帰することを目指すなかで、戦争の惨劇を繰り返さぬとの誓いを国民個々の胸のうちに刻むだけでなく、対外的にも明確に表してゆくことが望ましかった。地球上でもっとも離れた国々とさえ、友好的に行き来できる道を切り拓《ひら》く。そんな意志を、単に理念として掲げるにとどめず、国土に深く刻みつけ、物理的、土木的な次元で具現化する可能性が探られた。

第三に、南米の広大な大地への日本からの移民の迅速な輸送。二十世紀初頭、神《こう》戸《べ》港を発《た》った笠戸丸《かさとまる》がブラジルへの最初の移民を送り届けた。折々の凶作や、震災、恐慌などによる食糧難や職不足が契機となって、新天地に働き口を求める人々が南米各地へ移り住んでいった。やがて近場の満州への人の流れが太くなり、大戦時には南米への流れは中断した。戦後しばらく経ってからの移民再開に際し、新たな輸送手段の確立が検討された。

第四に、初の国内開催となる東京オリンピックへの海外からの集客。一九三六年にナチス政権下で催されたベルリン大会に続いて、次の開催予定地となっていたのは東京だったが、中国での支配地域拡大を図って熾烈《しれつ》な軍事活動を展開するなかで、五輪準備まで進める余力に乏しく、大会の実現をめぐって国際的な懸念と批判の声が強まっていた。かかる情勢のもと、日本は開催権を返上し、いったんはヘルシンキが代替地に選ばれたものの、第二次世界大戦の勃発《ぼっぱつ》により、一九四〇年大会は幻に終わった。それから二十四年の歳月を経ていよいよ開催されることになっていた東京大会に向けて、遠方からの訪問の利便性を向上し、集客を増やして大いに盛り上げてゆこうとの気運が高まっていた。

第五に、冷戦下で核戦争の危機を見越した究極の防空壕《ぼうくうごう》としての地球の裏側への通路の確保。空襲に備えた一時避難所としての防空壕なら、山本だって掘ったことがある。入隊まえに、自宅の客間の畳を外し、床下にどうにか人の隠れられるだけの穴を設けて、そこに梅干しの壺《つぼ》など、わずかばかりの食料を備蓄しておいたものだった。大空襲の折、歳の離れた妹は、この穴のなかで煙に巻かれて死んだ。

戦後、アメリカを中心とする西側の資本主義陣営と、ソ連を中心とする東側の社会主義陣営とがにらみ合う冷戦の時代になると、相手陣営の保有する核兵器が発射されるという致命的な事態への懸念が折々強まることがあった。ソ連がアメリカの喉元《のどもと》にあるキューバへの核ミサイル配備を実施した際には、日本でも極度の緊張のもと、危機回避の方策を、そして危機が回避できずに両陣営の全面核戦争にまで立ち至った場合の対処法を模索しなければならなかった。

第六以降、数ある名目のなかで一つ挙げるとすれば、イスラエルとアラブ諸国とのあいだで起こった中東での戦争に伴う石油価格の急騰、いわゆるオイルショックへの対応だろう。南米の豊富な石油埋蔵量がにわかに注目されることになった。

こうして底のない穴の必要性に関するいくつかの名目が、ときに重なり合いながら議題にのぼり、計画を実施すべきとする理由と、実施は困難とする理由とが、それぞれ数限りなく挙げられながら拮抗《きっこう》しつづけ、そのうちに、名目そのものがゆるやかに有効期限切れを迎えてゆくのだった。それでも計画自体が完全に葬り去られるに至らなかったのは、新たな公共事業が省の権限を強め、雇用を生み、経済を活性化するという点において善なるものとの前提が省内で共有されていたからにほかならない。

「具体的に、どんな技術で穴を掘るというんだ？」

ある会議で、省の幹部からそんな疑問が呈されたのは、計画の審議が始まってから十年あまりが過ぎたころのことだった。

「温泉を掘る技術です」

串《くし》はどこにある？　という問いに対する山本なりの回答が、それだった。

この計画は、相手のある話だった。相手とはつまりブラジルのことで、あちらの当局にも、この案件の必要性を認識してもらい、実施の承諾を得なければならなかった。調査や折衝のため、山本とは別の職員たちが飛行機に乗り、空に巨人な円弧の軌跡を描いて太平洋をまたぎ、北米で乗り換えて二つめの円弧を描いてブラジルへ渡ることが幾度かあった。

「オーケー。その話に乗ろう。エキサイティングな計画じゃないか」

拍子抜けするほど速やかに、先方からの了承は得られた。だが、日本側の決着がつかなかった。職員たちにとって、慎重に審議を続けてゆくという過程自体も重要な仕事であって、それを見切り発車で手放してしまうのは不安なことであり、惜しいことでもあったろう。そのときどきの大臣や、省に縁の深い国会議員たちからの、議論を少々進めるべし、しばらく棚上げにすべし、といった示唆も、影響を及ぼしているようだった。そして何より、大きく立ちはだかっていたのは予算の壁だった。

山本は、若いころこそ前のめり気味に話を進めてゆこうとする意欲を見せていたものの、歳を重ねるにつれ、穏やかな表情で聞き役に徹するかのごとく、静かに会議の席に座っているようになった。そしてときおり、心をどこか遠くへ送り出してしまって、ここに座っているのは彼自身の抜け殻にすぎないというかのような気配の薄さを呈することもあった。審議の終盤の時期には、異動によってこの計画とは無縁の部署にいて、そののち職を退いていた。

予算をめぐる大蔵省との果てしのないと思われた攻防にも、終止符の打たれるときがきた。研究開発中のリニアモーターカーの予算に混ぜ込むということで折り合いがついたのだ。これは、外務省や防衛庁ならぬ運輸省にも機密費の拠出が認められたに等しい画期的な成果といえた。有意義ではあるが成功の見通しの立ちづらい難事業であるため、ひそかに着手されることになった。やってみて駄目だったら、うやむやにして最初っからなかったことにするという選択肢も残された。秘密裏の会計処理のため、分厚い隠し帳簿が用意され、そこに複雑な計算式を通過した数値がびっしりと記入されていった。

日本ブラジル間・直線ルート開発計画は、こうして事業の実施に向けて動きだした。起案者である山本は、直線であれ円弧であれ、かの地へ渡航することはついになかった。運輸省ＯＢとなっていた彼が膵臓癌《すいぞうがん》で亡くなったのは、事業化が決定する二ヶ月まえのことだった。

この内密の事業を請け負うために、大手建設会社の子会社が設立された。運輸省から省の外郭団体へ、外郭団体から親会社へとゆだねられた穴の工事を請け負い、施工するのがこの会社の役割だ。そこに入社して広報係となったのが、僕だった。

土木工学専攻の大学生だった僕は、建設現場にかかわる仕事を志望していた。当時、イランでの革命を引き金とする二度目のオイルショックの余波で景気はあまりよくなかった。省エネのかけ声のもと、テレビの深夜放送は自粛、繁華街のネオンサインは消えて、都会の夜が静かになっていた。そんななか、僕自身の学業成績もぱっとせず、引っ込み思案で口下手でもあったから、就職に向けた見通しは暗かった。優秀な同級生たちは教授の推薦状をもらって勤め先を決めているようだったが、僕はそうもゆかず、大学の就職課の壁に貼り出された求人票を頼りに応募先を探した。そうして受けに行った会社の面接会場は都内の親会社のビルだったものの、今度山梨県にできる子会社の採用活動とのことだった。大学入学時に仙台《せんだい》から上京し、にぎやかな東京での暮らしにそれなりの未練はあったけれど、どのみち就職すれば全国各地への転勤はありうるものと心得ていた。僕の父もまた、保険会社に勤めて辞令を受けては一家で引越を重ね、たまたま仙台に長く居着くことになったのだった。今回の子会社での採用というのは親会社の支店勤務と違って転勤はなく、定住が前提のようだった。なじみのない土地で働きはじめるのはよいとして、勤務地はけっこうな山のなかだという。それで少しひるんだけれど、山のなかでの事業内容がリニアモーターカーに関連しているらしきことを聞くと、つい興味をそそられて、その磁力に引き込まれてしまったのだ。

当時はまだ山梨県にリニアの実験線はなかったものの、東京から山梨を経て大阪へと、東海道《とうかいどう》新幹線をしのぐ速度で走る路線の計画が策定され、国鉄による調査がおこなわれていた。日の当たるところでは横向きの高速移動をめざしつつ、陰では縦向きの高速移動がもくろまれており、横と縦とを組み合わせることで、東京や大阪から富士山《ふじさん》のふもとの穴を下ってブラジルへと円滑に結ぶことが予期されていた。

緑に富んだ山あいに建つプレハブ三階建ての事務所が、僕の職場だった。外壁には、「安全第一」と大きく記した横断幕が結わえつけられている。広報係という職務を言い渡されたのは、僕には意外なことだった。職種別採用ではなく配属先は流動的である旨、内定時に告げられてはいた。伝え聞いたところによれば、もともとは僕を現場監督の見習いから始めさせることを想定していたらしい。広報係には、大学でジャーナリズムを専攻していた石井《いしい》君という青年が就くはずだった。ところが、石井君が新聞社の記者職の追加募集に受かってしまったものだから、こちらの内定を辞退するに及び、僕が広報係に横滑りすることになった。父への反抗心もあり、保険のような形のないものを人の不安に乗じて売りさばくのではなく、しっかりとした形あるものを造る現場で働きたいと思っていた僕にとっては、いささか不本意な配属だった。石井君の穴埋めか、と思ったものだ。

受け持ちとなった業務は、きたるべきプレスリリースのために穴の存在理由についての広報記事を用意することだった。けれども陰の会社であるがゆえ、その機会が実際にきたるべきことは望まれていなかった。ただ万が一、勘の鋭いジャーナリストに穴の秘密を察知され、記者会見に追い込まれたときのために備えておかねばならなかった。対応を誤れば、中央官庁に政財界をも巻き込んだ一大疑獄に発展しかねないのだから。広報係という職は、会社にとっての一種の保険として設けられたものだったのかもしれない。僕自身が保険と化してしまった、というのは運命の皮肉として受け止めるよりほかはなかった。

いつの日にか我が社に切り込んでくるのは、ベテラン記者となった石井君であるのかもしれなかった。そのときこそ正々堂々、いかようにでも迎え撃ちたいものだと僕は思った。誰も切り込んできてくれなければ、広報しない広報係のまま、勤めを終えることにもなりかねないのだ。

温泉を掘る技術によって、底のない穴を掘る作業が始まっていた。現場は鉄板の塀で覆われ、広報係といえども立ち入りは許されなかった。見たいのはやまやまだったけれど、それほど機密保持は徹底しており、記録しておくべきことは塀の外側だけでもたくさんあった。

広報記事を書くといっても、記事なるものの書きかたを誰かに伝授されたわけでもない。さしあたり公表されることはないだろうという前提の記事ではあったので、会社にとって有利となるか不利となるかも意識せず、知りえたことをとにかく文章にして記録しておいてくれればよい、というのが上司の見解だった。それで、ある程度の量がまとまったら提出せよとのことだった。

当座の僕の仕事は、この穴の計画発案から事業開始に至るまでの前史を調べ、文書化することだった。職務である以上、引っ込み思案であるなどと言っているわけにもゆかない。山本清晴はすでに故人となっており、直接お目にかかることはかなわなかったけれど、かつての彼の上司や同僚、それに家族のもとを訪ねて話を聞いた。山本の仕事仲間だった人々のうちの幾人かは、いよいよ動きだしたあの事業の一環として僕が記録をとりにきているということを理解して、過去の経緯をかなり突っ込んだところまで教えてくれた。

山本がこの計画を思いついた場所に、当時のやきとり屋はすでになく、代わって商業ビルが建っている。この場所へと案内してくれた人物は、山本の一期後輩の元職員、長谷川《はせがわ》だった。ビルの二階が喫茶店になっていたので、僕と長谷川はそこに入ってコーヒーを飲んだ。

「ここではさほど内緒の話もできないが」と断ったうえで長谷川が、往時をなつかしむように柔和な笑みを浮かべて、山本のことを語った。

若き日の山本が、長谷川を連れてやきとり屋を訪れたとき、カウンター席に腰を下ろすと、「あの計画、ちょうどこの席に座っているときに思いついたんだ」と言ったことがあったという。当時の食料事情のもとでは、やきとり屋とうたっていても実際に鶏肉《とりにく》を出すことはまれで、たいていは、入手しやすい豚の臓物やなんかの串焼《くしや》きだった。

「そうすると、そのお店は正確にはやきとり屋のふりをしたやきとん屋といったところだったんでしょうか」と僕はメモをとる手を止めて尋ねた。

「いやいや」と長谷川は苦笑して、「ふりをしてたとか、客をだまくらかそうとしてたわけじゃないんだよ。出てくるのが豚のモツだっていうのはわかっていても、客としてはやきとり屋で肉を食って酒が飲みたい、ほかの呼び名じゃ感じが出ない、って思いがあったんだ。それで店のほうでもやきとり屋と名乗っていたんだろう。いずれ本当の焼き鶏《とり》をたらふく食える日がくればいいなと、僕なんかはほのかな望みをいだいていたよ。なにせ当時はカエルの塩焼きなんかも食ったもんだ。あれはちょっと鶏肉に似た味わいがあってね、悪くなかった。山本さんが好んで注文してたのは豚の肝、レバーだったか」

「では、穴の構想は、豚の肝をくわえているときに？」と僕は尋ねた。

「そう。そうかもしれないねえ」と長谷川は、穏やかに目を細めてうなずいた。

ある日、聞き取り調査の結果を記事にまとめる仕事を社内でしていた。自分の文字の下手さに耐えながら、レポート用紙に書きつけてゆく。当時、日本語の打てるワープロ機も出はじめていたが、まだ高額ゆえに普及していなかった。文書の清書用として社内にあったのは和文タイプという代物で、仮名文字に加えて膨大な漢字の並んだ盤面から記したい文字を一字ずつ探してはその位置にボタンを移動させて押してゆくという手間暇を要する道具だった。僕も使いかたは教わっていたけれど、そいつを使って報道発表用の資料を清書する機会というのもなかなかめぐってきそうにはなかった。

昼下がり、眠気覚ましにお茶が飲みたくなって席を立った。急須《きゅうす》に茶葉を入れ、ポットからお湯をそそいで蒸らしていると、給湯室の横を通りすがった社員たちの会話から、「塀の撤去」という言葉が漏れ聞こえた。

「いま、塀の撤去、とおっしゃいました？」

僕が声をかけたのは、資材担当の社員二名だった。

「やあ、鈴木《すずき》君か」と一人が振り返って僕の姿を認めると、「言ったとも。隠そうにも隠しようもないことだ」

「すでに撤去されてるよ」ともう一人が言った。「なんなら、見てくるといい」

僕は事務所を飛び出した。

着工からまだ一年と経っていないじゃないか。そんなに早く、ブラジルへたどり着けるのか？

疑念を胸に、急ぎ足で現場に向かった。空は青みも濃く澄みわたり、周囲の山々の緑も色濃い。夏の日差しに、僕の体はたちまち汗ばみはじめていた。ブラジル行き直線ルート開通のお知らせ。いよいよ和文タイプの出番か。そんな思いも心によぎらせながら、足取りをいっそう速めた。

先日まで現場を覆っていた鉄板が、わきに積み上げられている。塀の代わりに、作業員たちの人垣ができていた。

何重にもあたりを取り巻いた彼らのあいまに分け入り、のぞき込んでみると、そこにはうすら白い煙が漂い、湯が丈の低い噴水を作って湧き出ているようだった。そのかたわらに立って噴水を眺めているのは、現場監督の三浦《みうら》だった。頭にかぶった黄色いヘルメットが、煙のなかで鈍い輝きを放っていた。

僕が人垣の内側に抜け出ると、三浦がふと、こちらに目を向けた。

「どうしました」と、僕は尋ねた。

「出ちゃったんだ」三浦が力なく答えた。

温泉を掘る技術を用いて温泉を掘り当てたのだから、なんの間違いもなかったのだけれど、事業の目的に照らすと、それは望むべき結果ではなかった。

事務所に戻ると、給湯室にほったらかしておいた急須がそのままになっていた。湯呑《ゆの》みにそそぐと、妙に深い色のお茶が出た。もう眠気は覚めていたけれど、飲んでみたらさらに目がさえた。

やがて、温泉のまわりは大小の岩によって固められ、かたわらには脱衣所と洗い場が設けられ、作業員たちの疲れを癒《いや》す施設となった。僕も何度、その露天の湯につかったか知れない。望まれていたことではなかったものの、温泉が出たというのははけっきょくのところ最善の結果ではあったのだ。

「だいぶ深いところを走るのかねえ」

「いつ日向《ひゅうが》から移ってくるんだろう」

湯けむりのなか、作業員たちの交わすそんな言葉を聞くことがあった。このころ、リニアの実験線はまだ宮崎県の日向にあった。作業員たちには、リニアモーターカーに関する予備調査のための工事だと知らされていた。その工事は、温泉が湧いてこないであろう場所を選んで再開されていた。

温泉で、三浦と出会うこともあった。

「こんなすばらしいものを造っていただいて、ありがとうございます」

皮肉のつもりではなく、心から僕は礼を言った。いやや、どうも、と苦笑すると、三浦は湯に肩まで身を沈め、弱音とも本気ともつかぬ口調でこうつぶやいた。

「今度の工事、生きてるうちに、表面に爪痕《つめあと》を残すぐらいしか進まないだろうなあ」

表面とは、地球の表面のことだろう。三浦は立場上、この工事の目的地を知っているはずだった。遠大な事業に嫌気が差したのだかどうだか、ほどなく彼は社を去った。親会社から別の監督が移ってきて、あとを継いだ。新監督は、失敗の象徴とでも思っていたのか、温泉には寄りつかないようだった。


この事業のもう一方の現場は、地球のほぼ裏側にある。ブラジル南部のカサドールという街の郊外のジャングルで、工事が開始されていた。向こうでの工事を直接請け負っているのはブラジルの建設会社だが、日本側も開発資金の一部援助や技術の供与をおこなっていた。

ブラジルへの出張にはアメリカ経由で飛行機を乗り継いで片道に丸一日以上を要したが、なにしろ時差が十二時間あるので時刻上は半日あまりで着くらしい。僕は行ったことがなく、これは総務部長の佐藤《さとう》から聞いたことだ。佐藤と僕とのあいだには広報課長も係長もおらず、総務部のなかで広報係といったら僕一人で、佐藤は直属の上司にあたる。彼が契約に関する用件をたずさえ、おそらくは情報収集に観光も兼ねて、カサドール近郊の会社を訪ねてきたのだ。

出張帰りの佐藤のもとへ、僕は書きためていた記事を提出しに行った。佐藤は概要をつかむように視線をレポート用紙に素早く走らせると、

「よろしい。僕のいないあいだもサボらずにやってたようじゃないか」

と言って口元をゆるめた。それから、机のまえに立っていた僕を上目に見やって、

「ただちょっと注文をつけるとだな、ここの『丈の低い噴水』というところね、なんかこう、せっかく温泉が出たっていうのに、勢いが感じられないんだよなあ。たとえば、『お湯の柱がヤシの木みたいにそびえているのを呆然《ぼうぜん》と見上げていた』とか、それくらいの話にはならんかね」

「ですが、わたしが見たのは確かに丈の低い噴水程度のものだったんですから、事実を曲げるわけにはいかないかと。強いていえば、あのときメジャーを持っていって何メートル何センチの高さだったか測っておくんだったと悔やまれます」

言い終えてから、さすがにそこまではしないか、と思ったけれど。

「うん、そうか」と佐藤は背もたれに身を預け、レポート用紙の束を机上に置くと、

「そのくらいまじめにやってくれてるとわかって、僕は安心した。あと一週間ぐらいブラジルで羽を伸ばしてきてもよかったな」

そう言って快活に笑った。そしてふと思い出したように、

「そうだ、君に一つ持って帰ってきたよ。ブラジルのみやげ話」

「へえ、なんでしょう」

「あっちの事務所にもね、やはりたった一人だけれども、広報係がちゃんといたんだよ」

感心したような口ぶりで、佐藤が言った。

「ほう」と僕も感じ入ったように相槌《あいづち》を打つと、「なんというお名前のかたですか」と訊《き》いてみた。

「ルイーザ、という名の女性だよ。大学を出てすぐにいまの仕事に就いたというから、君と同じぐらいの年頃なのかな。お父さんが日系人で、お母さんがポルトガル系と先住民の血を引くメスチソだそうだ。日本語は家では使ってなくて、大学でいくらか学んだと言っていた」

「佐藤部長は、ルイーザとは何語で話したんですか」

「日本語と、英語でね。むろん、あっちの母語はポルトガル語だけども、僕にはさっぱりだから」

そう言って、佐藤は小さな咳《せき》を一つすると、言葉を継いだ。

「彼女には工事の現場付近を案内してもらったんだけど、日本みたいに塀で厳重に覆われてはいなくてね、ただ木の柵《さく》があって、ここからさきは入っちゃいけないと示してあるくらいだった。もっとも、周囲はジャングルによって厳重に覆われてるといってもいいような場所だったけどね。たまに近くを地元の人が通りかかることもあって、訊かれれば、『ここに穴を掘ってる』と正直に答えるそうだ。彼女によると、ジャングルのなかではもっと不思議なことがいくらでも起こってるというんだ。穴くらい、それほど気に留める人もいないようだね。僕が柵の手前から遠目に見たところでも、なんだ、こんなちっぽけな穴なのか、と思ったほどだ。かえって高い塀で囲ったほうが、ここに秘密が存在するとアピールすることになるんじゃないかと、彼女は日本のやりかたを心配していたよ」

そこまで話すと、佐藤はカバンのなかから一枚の写真を取り出した。向こうの工事現場の穴を見せてくれるのかと思ったがそうではなく、写っていたのは歓迎会の光景のようだった。ワイングラスを持って談笑中らしき三人の被写体のうち、まんなかに立って、ひらいた片手を振り上げ、上機嫌の笑顔で何か大きなことでも話しているらしき男が佐藤であり、右側の男は横向きのため表情はよく見えなかったが現地の人物のようだった。僕の関心は、おのずと左側に寄せられた。黒髪で小麦色の肌の女性がやや斜めを向いて立ち、穏やかな笑みを浮かべている。カメラに気づいたものか、こちらへと横目に向けられたまなざし。その輝きを帯びた灰色の瞳《ひとみ》に吸い込まれるように、僕はじっと写真を見つめていた。

「彼女がルイーザですか」

「そうだ」と佐藤が答えた。「ルイーザが日本の広報係のカズによろしくと言ってたよ」

僕は不意に顔が火照るのを感じながらうつむいて、この床のずっと真下のほうにルイーザはいるのだと思った。

「写真、あげようか」

「いただけるんですか」と僕は顔を上げた。

「僕がちゃんと地球の裏側まで行って仕事してきたという証拠資料として、取っておいてくれ」

「承知しました」

　僕は神妙な面持ちで写真を受け取り、自分の席に戻って机の引き出しにしまった。それから、ブラジルの現場のみやげ話を、できるかぎり佐藤から聞いたまま、職務として律儀に書き起こしていった。佐藤に提出することになる文書に当人のことを記すのは、やや気が引けた。けれども、誰かに遠慮して筆を曲げることはない、と指導してくれたのはほかならぬ佐藤だったから、敬称略で、忌憚《きたん》のない記述を心がけた。

　その日の夜、佐藤が退社したあとで、引き出しからあらためて写真を取り出すと、左側だけでいいんだけどなあ、と思ってため息をついた。かといって、証拠資料にハサミを入れるわけにもゆかない。レポート用紙を使って、写真の右側半分強を丁重に覆い隠してセロハンテープで留めると、ふたたび引き出しのなかに収めた。

　山本清晴の息子がロンドンから帰ってきた。そのことを電話で知らせてくれたのは、山本清晴の妻の菊江《きくえ》だった。菊江からはすでに話を聞かせてもらう機会があったけれど、商社の仕事でロンドンに駐在していた息子の隆生《たかお》とは会えずにいた。単身赴任の勤めを終えて東京に引き揚げてきたところだと聞き、僕の心は浮き立った。以前から面会を望んでいたのはもちろんだが、久しぶりの東京出張の案件でもあった。

森の緑に囲まれた独身者向け宿舎に寝起きし、ちょっとした買い物一つするのでも山道を上り下りして出かけてゆかねばならない暮らしにも、もはやなじんでしまったとはいえ、ときには色とりどりの看板に囲まれて繁華街の人混みのなかを歩きたい気分にもなった。いくつか立ち寄りたい店が思い浮かんだ。だが、まずは仕事だ。

中央線から地下鉄に乗り換えて、山本家へ向かった。以前訪ねたときには、菊江とともに住んでいたのは隆生の妻と幼い一人娘だけだったが、いまはそこに隆生が帰ってきている。最寄り駅からの道はまえにも通っているのだけれど、念のために地図を見ながら、入り組んだ住宅街を歩いていった。

たどり着くと、山本家の前庭に置かれた小屋から、ふさふさの毛で細長い顔をした犬が飛び出てきた。確かジムという名のその犬が、鎖いっぱいまでこちらに近づきながら、威嚇するように吠《ほ》え声を立てた。

玄関の扉をあけた人物は、角張った顔の輪郭といい、二重まぶたで柔らかい目元といい、写真で見たことのある山本清晴の顔立ちを少なからず受け継いでいた。廊下には、引越の段ボール箱がいくつか積み重なっていた。そのてっぺんに、紺色の小さな帽子が置いてある。幼稚園の制帽のようで、リボンとともに園章らしきバッジがついている。前回の訪問時にはよちよち歩きだった娘のものだろう。

「きょうは家の者がみんな出ていますから、静かな環境でお話ができると思います」と彼が穏やかに言って微笑んだ。

客間に通された僕は、ソファーに座ってあたりを見まわしてみた。以前はなかった気がするピアノに目を留め、娘さんが習いはじめたのだろうかと思ったり、飾り棚に視線を向け、なかに収まっている陶製の小さな動物たちの置き物を眺めたりしていた。彼が紅茶のカップとビスケットの皿を盆に載せて戻ってきて、向かいの席に腰かけた。僕はカップを手にして鼻先へ近寄せると、

「いい香りですね」

と言ってみた。紅茶の香りの違いをかぎ分けるほどの見識など、少しも持ち合わせてはいなかったのだけど。彼は心持ち口元をほころばせると、

「ありがとうございます。うちの商社で扱ってる茶葉なんです」

「セイロンですか」

「よくわかりますね。香りだけで?」

「すみません。紅茶というと、まず思い浮かぶ地名がセイロンだったもので……」

僕は調子に乗りすぎたことを率直に詫《わ》びた。

「いただきます」

口に含むと、僕のあやふやな味覚でも、かすかな苦みと果実めいた甘みのほどよい調和を感じ取ることができた。

「母から聞いていますが、父のことを丹念に調べてくださっているそうですね」と彼が言った。

「ええ、お母様にもご協力いただきましたし、横浜《よこはま》にいらっしゃるお姉様にもお会いしました。功績をできるかぎり記録しておくため、かつての同僚のかたにもお話をうかがっております」

「功績ねえ」と彼は苦笑を浮かべて、「僕からすれば、父が役所で何をしていたのやら、そういうことはさっぱりわからんのですよ。リニアモーターカーがらみで何かちょっとした企画を立てたと、母が言っていたのを覚えているくらいで。いまさら親父の悪口を言ったところでしょうがないですけど、子供から見れば、夜は酔っ払って遅く帰ってきて寝るだけ。休みの日は、釣りに出かけているか、家にいれば早い時間からお酒を飲んで大相撲中継なんかを観ているかで、子供の相手なんてしたことがない。何か言うことがあるとすれば、姉と僕がケンカしているときに、

『うるさいぞ』と叱りつけるくらいです。それも必ず姉じゃなくて僕が叱られましてねえ」

　そう言って彼は、いまだに不満であるというふうに首を左右に振ってから、

「鈴木さん、姉にもお会いになったそうですが、ちなみに姉はどんなことを話してました？」

「幸恵《ゆきえ》さんからは、古いお手玉を一つ、見せていただきました。もともとはお父様の妹さん、美代子《みよこ》さんのものだったそうです」

「美代子さん」と彼はつぶやき、「僕らきょうだいにとっては、叔母になるはずだった人ですね。お手玉、か。どうも僕には覚えがないな。どういう話だったんでしょう」

「ええ。幸恵さんからうかがったのは、お父様が、いや、若き日の清晴さんがと言いましょうか、軍隊へ取られることになったころの話です。

　清晴さんが、部屋で持ち物を整理していたときでした。美代子さんが寄ってきて、手に持っていた二つのお手玉を見せたそうです。両方とも、赤と桃色の布を縫い合わせたもので、かつて母親が作ってくれたのでした。

『お兄さんに、一つあげます』と彼女は言いました。

『どうしてだい？　お手玉は、二つ以上ないと遊べないだろう。美代ちゃんが自分で持っておきなさい』

　歳の離れた妹を諭す口ぶりで、彼は言いました。そしてこう言い添えたのです。

『なかには小豆が入っているはずだ。いざというとき、取り出して食うといい』

『だから、あげるんです。お兄さんとわたしで一つずつ。とってもお腹がすいたら、食べましょう』

　彼女は少しはしゃいだように言いました。わずかばかりの庭を家庭菜園にしてカボチャやサツマイモを育て、食料不足をしのいでいたころのことです。

『そうか』と彼は微笑んで、『それじゃあ、ありがたくもらっておこう』

『お母さんには内緒ですからね』

『ああ、わかったよ』

『わたし、防空壕《ぼうくうごう》のなかに隠しておこうかしら』

『うん、それはいいな』と彼は笑いました。

　その防空壕は、先日、彼が父親の手も借りながら、客間の畳を上げて床下に造り上げたものでした。庭先に造るのに比べて雨水の流入を防ぎやすいなどの利点から、当時、屋内にこしらえることが奨励されていました。まだ空襲が本格化するまえで、美代子さんは秘密基地のようだと無邪気に喜んでいたものでした。

清晴さんはお手玉を背嚢《はいのう》にしまい込みました。次の日それを背負って、入隊のため、家を発《た》ちました。ある時期には横須賀《よこすか》、のちには山口県の海軍施設に配属されて、訓練に従事しました。

数百機のB29爆撃機が大空襲をしかけるために東京の下町上空へと向かってきた夜、美代子さんはひとたび警戒警報の解除されたあとで寝入っていたところ、爆音に起こされ、防空壕に入りました。両親は家のそとに出ました。空襲の際、逃げ出さずにまず消火活動に取り組むことが、国民の役目とされていたのです。その啓発と練習を担っていた隣組で、父親は組長を務めていました。火の手の上がっていた近所の家へ、二人してバケツと火叩《ひたた》き棒を持って駆けつけつつあったときのことでした。小さな無数の焼夷弾《しょういだん》が落ちてくるザーッという通り雨のような音と、パンッ、パンッと油のはじけ飛ぶ音が聞こえてくるなか、両親が振り返ると、我が家もまた燃えていました。みるみるうちに、あたりが炎と熱風と黒いススに包まれて、戻ることができません。両親は、娘が自力で脱出してくれたことをはかなく願いながら、人々の逃げまどう流れのなかに身を投じるよりほかはありませんでした。

夜が明けて、焼き尽くされてしまった家の跡地の穴のなかに、防空頭巾《ぼうくうずきん》をかぶってうつぶせにうずくまった美代子さんの痩《や》せこけた亡きがらが、焼けずに残っていました。窒息死だったのでしょう。深く眠り込んだような穏やかな表情をしていたといいます。いつもお腹をすかして顔色もよくなかったのに、このときは肌に赤みが差していたそうです。母親は、いまにも娘が目を覚ますのではないかと、何度も揺すぶっては声をかけつづけていました。

美代子さんの分のお手玉がどうなったかはわかりません。焼け跡に紛れてしまったか、もしかするとそのまえに、食べてしまっていたのかもしれません。清晴さんの手元に残ったもう一つのお手玉が、形見の品になりました」

そこまで語ってから僕は、話に区切りをつけるように軽く一礼した。静かに聞き入っている様子だった隆生は、

「ほう」と目を閉じて小さくつぶやいたのち、話のなかの世界から戻ってきたようにゆっくりとまぶたをひらいて言った。「叔母の形見のお手玉か。それを父から姉が受け継いだ、ということなんですね」

「そのようです。幸恵さんが大学生のころにお手玉を受け取って、話を聞いたとおっしゃっていました」

「親父、僕にはその話をしなかったのになあ」と彼はつぶやいて、「まあ、無口な

人だったし、女の子から女の子に受け継がせればそれでいいと思ったのかな」

　自分を納得させるようにそう言うと、彼はカップを手に取り、紅茶に口をつけた。僕もカップを口元に運んで一口飲んだ。彼が、まなざしをぼんやりと前方に向け、外界を見つめるよりもむしろ自身の心のうちを探るような面持ちで、こう言った。

「じつは、僕のほうでも一度だけ、父の話をじっくり聞いたことがあったんです」

「どんなお話か、聞かせていただければ」

　と促しながら、僕はカップを受け皿のうえにそっと置いた。彼はうなずくと、語りはじめた。

「あれは、僕の会社員生活一年目のことでした。父はまだ退職まえだったと思います。お盆休みの時期に、僕はどこへ行くでもなく、自分の部屋で音楽を聴いていました。すると、ちょっと話がしたい、と父に呼び出されましてね。あのときはここの応接間じゃなくて、となりの居間のほうでしたが、父と向かい合わせに座りました。父は焼酎《しょうちゅう》を飲んでいて、僕も勧められましたが、昼間っから飲みたくはないと断りました。じゃあ俺も飲むのはやめて話に専念しよう、と父は言いました。このとき聞いた話の中身は、父がまだ僕らの父になるまえのことでしたから、父ではなく清晴と名前で呼んでおきますが、話というのはこうでした。

太平洋戦争のさなか、大学生だった清晴は徴兵されて、海軍の訓練を受ける機関に所属しました。あるとき、特殊兵器による危険な任務に就く意志のある者を、教官が募りました。清晴をはじめ、多くの青年がそれに応じました。大学の同期、島《しま》村《むら》君もその一人でした。

任務というのは人間魚雷の搭乗員になるということでした。操縦席はあっても乗り物ではなく、兵器です。片道の燃料を積んで乗り込み、敵の船を目がけて突っ込んでいく。海中の特攻です。

志願者のなかからさらに選抜があり、清晴も島村君も選ばれました。選に漏れた者のなかには、長男だから外されたという者もありました。一家断絶を極力避けるため、跡取りたる長男、なかでも一人息子ともなるとあとまわしにされ、次男坊、三男坊から優先的に選ばれていたようでした。そういえば鈴木さん、父には妹だけでなく兄もいたって、ご存じですか」

「ええ、聞いています。確かお兄様のほうは陸軍に取られて満州に駐屯していて、終戦間際にソ連軍の進撃に遭って亡くなられた、と」

「そうなんです。結果的に長男のほうが命を落としたわけですが、次男だった父もまた、死が避けられない境遇へと進み出たわけです。

選抜された者たちは、別の基地に移されました。そこで清晴は初めて人間魚雷を目にしています。黒々として長くて巨大な弾丸のような形状で、重苦しい威圧感がありました。その兵器を操縦する訓練の日々が続きます。海軍に入ってから一年あまりの速成教育のすえ、清晴も島村君も階級は少尉になっていました。

ある日、人間魚雷を搭載した潜水艦に乗って出撃すべき者たちの名が通知されました。そのなかに島村君は含まれていましたが、清晴の名はありませんでした。

出撃の前夜、島村君が清晴のところに来て、ベッドのへりに並んで腰を下ろしました。島村君は小声で清晴に語りかけました。

『僕はきっとまもなく死ぬ。そして君のことをたいへん信頼している。だから聞いてほしいのだけれど、僕はいま、死ぬことを欲してはいない。なんのために僕は生まれ、いくばくかの学問を積んできたのだろう。兵器となって、敵艦の横っ面に穴を空けるためだったのか。いっさいが、空しく思える。君も察しているだろうが、この戦はほどなく負ける。いや、すでに負けているのだ。君は、生き残れ。僕が弱音や懐疑を口にしたことは、君の胸のうちだけにとどめておいてくれ。僕の両親と妹に会ったら、島村君は立派に戦って散ったと伝えてほしい。そのほうが、少しは心が慰められるだろうから』

枕元の小さな明かり一つの薄暗がりのなか、震えている島村君を清晴は無言で抱きかかえ、背中をさすってやりました。そして心のうちではこう思っていました。

島村君の身代わりになりたい。俺の妹は、空襲で息絶えた。父親からの手紙で、そのことを知った。熱い煙に取り巻かれてたおれた美代子の苦しみを、これまで幾度となく胸のうちに思い返してきた。悔しいことだ。仇討《あだう》ち……、いや、そうではない。敵空母を沈めて、さらなる空襲の被害を少しでも食い止めることができるのなら、俺の命は投げ出そう。どのみち俺には、生きて美代子と再会することはかなわない。だが、島村君の妹は生きている。家族のところへ、兄さんを生きたまま帰してやりたい。

しかし、身代わりになることはできませんでした。すでに命令が下っている以上、清晴の意志でそれを覆すなど尋常なことではありませんでしたし、万が一そんなことを上官に申し出れば、島村君に恥をかかせるだけの結果をもたらしていたことでしょう。それに、身を挺《てい》して空襲を抑えたいと望んでも、日本の上空へと焼夷弾を運んでくる飛行機の多くは空母からではなく、米軍に陥落していたサイパン島などマリアナ諸島から飛来しているということを、清晴は承知していました。

清晴はまた、こうも思いました。

本当は俺だって死ぬのが怖いのではないか。もし俺が次に島村君の立場に置かれたとき、誰に弱音を吐いたらよいのだろう。そのときにはもう、彼は俺のそばにはいないのだ。

翌朝、島村君を乗せた潜水艦は出撃しました。幾日かの航行ののち、目標となる敵艦が見いだされ、人間魚雷が発進しました。海中の音波などから捕捉《ほそく》したところでは、島村君の乗り込んだ人間魚雷は敵艦に当たることなく、海中を沈下し、砕け散りました。同時に発進したなかで、敵艦をかすめたものもあったようですが、損傷を与えるには至りませんでした。特攻死を遂げたことにより、島村君は大尉に昇進することとなりました。

ほどなくして、敗戦を迎えました。任を解かれた清晴は島村家を訪ねて、島村君に託されたとおりの報告をしました。立派に戦って散った……、いまとなっては、これも空しい言葉ではないかと思いながら。その後もときおり仏壇に手を合わせに、島村家に通いました。そのたびに妹とも言葉を交わし、その時間は少しずつ長くなっていきました。しまいに、島村君の妹、菊江と清晴は夫婦として結ばれることになったのです。

ひとしきりこの話をすると、父、清晴は僕に言いました。

『いまでも夜中に目が覚めて、海のなかを孤独に漂う島村君の運命を思うことがある。出撃前夜に抱きかかえたときに彼の体に感じた、汗ばんだ温もりや小刻みな震えが、感触として生々しくよみがえってくることもある。なぜ、俺ではなく彼だったのか。代わってやることができなかった。だが、彼だったからこそ、俺は生きて帰り、菊江と結婚し、娘が生まれ、息子であるおまえにも出会えたわけだ。だから俺は、代わってやるわけにはいかなかったんだろう。いや、妙なことを話したものだ。いままで誰にも話したことがなかったし、これからも話すことはない。おまえのルーツにまつわる話でもある。心の奥にでも、しまっておいてくれ』

そう静かに言って、父はうなだれていました。

『しまうまえに、ちょっと訊《き》きたい』

と僕が声をかけると、父がはっとしたように顔を上げました。僕は言葉を継ぎました。

『島村さんは、死ななければならなかったんだろうか。二人とも、生き延びればよかったのに。父さんは、特攻が、つまり島村さんのやったことが、間違いだったと思ってる？』

僕の口調は、少なからずいら立っていました。父の話を聞いていささかしんみりした気分になってしまった自分自身に対して、そして僕以上にしんみりしているように見えた父に対して、不満だったのです。父は戸惑った様子で一瞬返事に詰まったのち、

『確かに』と応じました。『島村君も死なないで済めばよかった』

『俺は、間違いだったかどうかと訊いてるんだ』

僕の詰問に対して、父はつかのまの沈黙を挟んでから、答えました。

『島村君のやったことは間違っていた。だが、島村君が間違っていた、とは言いたくない。命令が下ったんだ。たとえ無謀で間違った命令だったにせよ、あのときは従うのが正しい選択だった。いや、正しくなかったんだとしても、ほかにどうすればよかったのか、俺たちにはわからなかった。おまえのような、いまの若い人たちは、あのころよりはよっぽど自由だ。しかし、一人ひとりの人間の弱さは、むかしもいまも変わるまい。組織のなかで間違った決定が下されたとき、それを間違いだと断じることも、それに従わないことも、さほどたやすいことではないだろう。組織を離れてしまえば自分は逃れられるが、代わりにほかの誰かが誤りの後始末を背負い込むことになる。それなら組織にとどまって、いったい何ができるのか。間違いのなかに飛び込んで、少しずつ軌道修正をしていけるようなら上出来かもしれん。

それとも、深刻な間違いを避けるために、いくらかマシに見える間違いのほうに突っ込んでいくか』

最後のほうは、僕に語りかけるというより、なかば自問自答するような口ぶりになっていました。父は飲みかけのまま置いてあったコップを手に取ると、焼酎《しょうちゅう》を喉《のど》に流し込みました。

父の話に出てきた島村君こと島村正信《まさのぶ》は、僕にとっては母方の伯父にあたるわけです。僕の眉毛《まゆげ》や鼻のかたちが正信兄さんに似ているのだと、これはかつて母から言われたことです。父も僕に、島村君の面影をどこかしら感じていたから、話してみたいと思ったのかもしれません。そして言われたとおり、心の奥にしまっておいたのですが、ついにこうしてお話ししたわけです。何かのお役に立つのかどうか、わかりませんが」

そこまで聞き終えると、僕は礼を述べた。そして、目のまえの人物のりりしく色濃い眉毛やすっきりと通った鼻柱を眺めつつ、島村正信の顔立ちを想像しようとした。けれども、山本清晴の要素も混じっているのでうまく一人分だけ取り出すことはできなかった。庭先から、ジムの激しく吠《ほ》える声が聞こえてきた。

ある夏の昼下がり、曇り空でそれほど気温が上がっていないのをありがたく思いながら、僕はカメラを首からぶら下げて事務所を出た。振り返ると、二階と三階のあいだの外壁に、緑十字のマークを配した「安全第一」の横断幕が見える。入社以来、変わらぬ光景だった。

事務所から歩いて二分とかからないところに旧現場があり、いまでは温泉施設となっている。そこから新しい現場までは徒歩五分ほどで、あわせて七分ぐらい。もとより車を出すほどの距離でもないし、車だとまわり道する必要があってけっきょく七分かかってしまう。森のなか、歩行者用の細い土の道を歩いてゆく。一度、この道をイノシシの親子連れが横切るのを見たこともある。

よもや二ヶ所目の温泉が掘り当てられはしないか。心配半分、期待半分でそんなことを考えて、温泉街設立に向けた資料さえも僕は用意していたのだが、湧いて出たとの知らせのないまま、もうだいぶ長いこと経つ。

穴の位置を当初とずらしたことで、ブラジル側との接合時に支障はないのか、すれ違ってしまわないか、と不安に駆られて社内の技術研究員のところへ質問に行ったこともある。事務所の最上階奥に個室をかまえる杉本《すぎもと》研究員が気だるげに答えてくれたところでは、地上から見たらけっこう位置をずらしたように思えるかもしれないが、地球規模で考えればごくわずかに過ぎず、ずれは中心部に到達するまでには吸収される、むしろ理論上は以前の位置よりも完璧《かんぺき》な直線になることが期待できる、とのことだった。ただし、穴の角度以外のところでこの工事に立ちはだかっている技術上の障壁には事欠かない、という話をたっぷりとつけ加えることも忘れなかった。

細い道を抜けて、僕は新しい現場のまえに出た。高い鉄板の塀が立ちはだかり、そのうえのほうに目をやれば、鉄骨で組まれた塔のごとき掘削機が空にはみ出ていて、先端のあたりでワイヤを巻き取る滑車がゆっくりと回っていた。カメラをかまえて、写真を撮る。

塀に囲まれた現場の出入口は、肝心なところが見えないようにであろう、カタツムリの殻のような渦巻き形の角度にひらいている。そこから土砂を山盛りにしたダンプカーが二台続けて出てくるのを僕は見送った。一つの穴と引き換えに、運び出した土砂を撒《ま》くことで、山梨県の標高を日々少しずつ高くしてゆく。

出入口のかたわらに立つ警備員たちの注意深い視線を意識しながら、ダンプカーの走り去ってゆく後ろ姿を写真に収めた。かつて出入口のほうにカメラを向けたら警備員があわてて駆け寄ってきたことがあったので、同じことは繰り返さぬよう気をつけている。夜になると出入口は屏風《びょうぶ》状の扉で封鎖される。鉄壁のガードに阻まれて、僕は広報係としての職務の核心にある深い穴を実地に目にする機会を得たことがなかった。ダンプカーの撮影でちょうどフィルムが切れたので、ポケットに持ってきていた新しいフィルムと入れ替えた。

現場のわきに、小さなプレハブの平屋建てがあり、その入口付近に飲み物の自動販売機がある。現場周辺の様子を見に来たという以外にここまで歩いてきた理由があるとすれば、飲み物を買うことだ。どこか薬臭い感じのするコーラのできそこないのような飲み物は、事務所の自販機の品揃えにはなく、ここでしか買えない。本格的な全国販売の可否を見極めるため、試験的に入れているのだと、商品補充に来ていた業者から耳にしたことがある。社内では端的に、まずい、と評する声も聞くから、僕が買うのをやめたら早晩、選択肢から消えてしまうことだろう。そうならないうちにと思って、念のためここでも写真を一枚。二百五十ミリリットル缶に入った炭酸飲料をちびちびと飲みながら、もと来た道を引き返していった。

夜には温泉に寄ってから、宿舎の四畳半の自室に帰った。夕食は社員食堂で済ませていたが、さらにデザートを摂《と》るべく、部屋の片隅に置いてあった段ボール箱から桃の缶詰を取り出し、缶切りであけた。

年に一、二度、仙台の親元から荷物が届く。なかには衣類やらインスタントコーヒーやらとともに、たいてい桃の缶詰が入っていた。確かに子供のころの好物だったし、いまだって嫌いになったわけではない。けれども、桃の名産地に暮らす僕のところにわざわざ缶詰を送ってよこさなくてもよいのではないか。先日届いた荷物に同封されていた母の手紙には、「お父さんのパンツと一緒に、安かったから一夫《かずお》の分も買いました」と書いてあり、薄手の生地でチェック柄のトランクスが何枚か入っていた。父と一緒の安物のパンツなど、まったくありがたくなかったけれど、いちおう大人である僕は、経済的合理性も考慮して捨て去ることなくこれを着用していた。

缶のなかからシロップ漬けの桃を器に移した。それから十四インチのテレビの電源を入れた。

画面上で水色が揺れている。白いしぶき。反射する光のまぶしさ。プールだ。そう思ったときにはすでにチャンネルを変えていた。

その動作に気づいてから、ああ、まだ避けたいのだな、と自覚した。五輪の競泳に関心がなかったわけではないにもかかわらず、どうやら僕はプールを見たくないのだ。

変えたさきの画面で映っていた柔道の試合を眺めながら、僕は甘くやわらかな桃を食べはじめた。前回のモスクワ大会では、ソ連のアフガニスタン侵攻に抗議する西側諸国の一員としてボイコットしていたから、日本選手の出場する五輪としては、このロサンゼルス大会が八年ぶりだった。

小学校入学時に、何か一つ習い事をということで、僕はスイミングスクールに通いはじめた。父の転勤に伴って転校を重ねてきた僕にとって、どこが自分の故郷なのか、ためらいなく言える土地はなかった。いつでも、それぞれの土地に根を張って関係を育《はぐく》んできている子供たちのなかに単身、おずおずと分け入ってゆくことを繰り返してきた。何か一つ抜きん出たものがあることで、ようやく人並みと認めてもらえるような、そんな引け目をずっとかかえていた。水泳が僕にとっていくらかでも抜きん出たものとなるように、練習を重ねていった。それでどうにか自分の立つ足場ができるような気がしていた。中学、高校では水泳部に所属して泳ぎつづけた。

高校三年の県大会の四百メートルメドレーリレー決勝で、僕は最終泳者としてスタート台のうえに立っていた。バタフライの第三泳者が僅差《きんさ》の二位でこちらへ向かってくる。何も恐れるものはなかった。飛び込んですぐに一歩抜け出し、徐々に差を広げながらゴールするイメージが浮かんだが、邪念と思い、振り払った。無心で泳ぎさえすれば、おのずと結果はついてくるはず。

　飛び込んだ瞬間、右足のふくらはぎの筋がつったことに僕は気づいた。痛い。でも、なぜ……？　痛みをこらえて懸命に泳いだ。自由形の泳者のなかで、僕だけが不自由形のクロールだった。これまでなら意識することもなかった観客の声が、水面上に出す左右の耳に交互に染み入り、頭蓋《ずがい》のなかにこだましていた。それは同情の入り交じった声援であり、温かなものであるはずだったけれど、幾多の声はむしろ焼けつくような苦痛を伴って全身ににじみ広がってゆくようだった。圧倒的な最下位で、どうにか僕はゴールした。調子が戻らず、個人種目も駄目だった。目指してきた全国大会への進出はできぬまま、その夏は終わった。

　なぜ、あのとき……。準備運動が足りなかったのか。跳躍の瞬間、余計な力が入ったのか。理由はわからなかったし、わかったところで取り返しのつかないことだった。自分一人だけのことならまだしも、仲間たちの活躍の機会も断ち切ってしまった。チームメイトたちは僕を慰め、冗談を言って笑わせようとさえしてくれた。いままでは水泳に限らず何かにつけて、もっとできるはずだ、まだ足りない、と言わんばかりの態度で接してきていた両親すらも、口々にねぎらいの言葉をかけ、ゆっくり休むようにと勧めた。

あのとき僕は、自分の拠《よ》って立つ足場を失った。にもかかわらず、ふわふわとしたまま立ちつづけているようだった。これはいったい、どういうことだ？　足場などなくても、生きてゆくことはできるのか。地に足を着けようと、やっきになってあがく必要などなかったのだろうか。僕は地面を失うことへの不安から解放されると同時に、地面のないところをあてどもなく漂ってゆくことへの不安を受け入れなければならなかった。

あれ以来、いつかしっかりしたところへ着地できればと思いながらも、いまだ果たせずにいる。テレビ画面につかのま映し出されたプールの映像が、僕にそんな自分の不確かな足元を思い起こさせた。


東京の親会社への出張から帰ってきた総務部長の佐藤が、僕を会議室に呼び出した。部屋には僕と佐藤だけ。わざわざ場所を変えて話そうというのだから、何かしら、あらたまった用件なのだろうか。

「君に、ちょっとした交渉を担当してもらいたい」

と彼は話を切り出した。そして僕を見すえて、こう続けた。

「相手は、ポーランド人だ」

「ポーランド……」

子供のころに持っていた地図帳の最初のページに、世界各国の国旗が載っていた。記憶に残るポーランドの国旗は、そこで見たものだったろうか。配色は日本と同じ白と赤。上半分が白、下半分が赤の二つの長方形からなっている。首都はワルシャワ。東側の国で、ソ連と東ドイツのはざまに位置する。反体制派の動きを抑えるために戒厳令が敷かれたというニュースは、もう何年もまえのことだったろうか。ポーランドについて僕の知っていることは、あまり多くはなかった。

「僕はもちろんポーランド語はわかりませんし、ロシア語だってできませんし、英語もそれほど……」

「大丈夫」と彼が僕の言葉をさえぎって、「相手の本業は、ポーランド大使館勤務の通訳だ。日本語ができる」

「それは助かります」と僕は少し安堵《あんど》して、「で、何を交渉したらいいんでしょうか」

「高速鉄道の基礎研究に着手したいので、ポーランドの企業との事業提携先を探しているというんだ」

「それで、国鉄ではなく、我が社に？」と僕は不審の念をにじませながら尋ねた。

「そこなんだ。親会社の担当者によれば、どうも相手がたは、こっちの深いところの情報を何かしらつかんでいるんじゃないかと。それで、さらなる情報収集のために……。言ってしまえば、スパイだよ。そう思っておいてくれていい」

「わかりました。それでポーランドのスパイといったいどんな交渉を……」

「ちょっと声を静めてくれないかな。悪いね」と、僕に落ち着きを求める手ぶりをしながら言うと、彼は続けた。「もちろん、肝心な情報を譲り渡すわけにはいかん。だが、親会社から下りてきている案件だ。無下に扱うこともできない。ポーランドが、我々の穴に関心を寄せている。このことは、我々の穴の価値を高めることにもなる。君にお願いしたいのは、これまでかき集めてきた情報のなかから、肝心でないところを少しずつ、ちぎっては投げながら、相手の出方をうかがってほしいということだ」

「承知しました」

何やら要領を得ないまま、僕はこの案件を引き受けた。

自分の机のある事務室に戻ると、その入口付近の壁に貼ってある世界地図を眺めた。ポーランド、その裏側は……。僕は緯度と経度を頼りに探ってみた。裏側は海のなかだが、ニュージーランドにほど近い。

翌日、先方から電話があった。コヴァルスキと名乗ったその男に、僕のほうから東京に出向くことを提案してみた。

「ぜひ、そちらまでうかがいたいんです」と彼は確固とした調子で言った。

約束の日、国鉄の最寄り駅まで車で迎えに行った。コヴァルスキは大柄で、栗色の毛に白髪交じりの紳士であり、丈の短い黒いコートに身を包んでいた。親しみ深い笑みを浮かべて、僕の出迎えに対する礼を丁寧に述べた。

少しばかりの市街を抜けて、田畑のはざまをしばらく進んだのち、車は山道に入った。後部座席に座った彼の様子が、バックミラー越しに見えた。彼は膝元《ひざもと》に手帳を取り出して、窓のそとに目を向けていたかと思うと、ときおり何かを書き込んでいるようだった。僕は現場付近の道を避け、少し遠まわりして事務所の敷地に乗りつけた。

小さな応接室に彼を通した。遠方からの来客に対し、佐藤あたりが上司としてあいさつに出てきてしかるべきところだ。何しろ、こっちは一介のヒラ社員。けれども佐藤はその時間帯に外出の予定を入れ、僕一人で対応するようにと言いつけていったのだ。何か不都合があったときに、部下が勝手にやったことです、と責任を逃れるつもりではあるまいか。ならば責任をもって勝手にやるしかない。

「温泉には、行かれたことがありますか」と僕は尋ねた。

「ああ、たとえば熱海《あたみ》。わたしは行ったことがないんです。でも銭湯でしたら、ときどき行っています」と穏やかに彼は答えた。

僕は彼を旧現場のほうに案内した。

「こちらです。タオルはお貸ししますので、ぜひ」

銭湯の経験があるというので、水着は不要だとか、タオルを湯に入れてはいけないとかいったことを教える必要はなかった。洗い場でそれぞれ体を軽く洗ってから、湯につかろうとしたとき、彼が言った。

「あそこに見えるのは、本物でしょう？　近所の銭湯では、壁に絵が描いてあるだけですけど」

彼の指さすほうには、青白い肌をした優美ななだらかさの山が、静かにそびえている。

「ええ、本物の富士山の見える露天風呂《ろてんぶろ》なんです」

と僕は得意げに響かぬよう、努めて落ち着いた調子で応じた。岩をつなぎ合わせて造られた浴槽に、僕らは入った。

「いい湯ですね。ああ、いい湯だ」

と彼は気持ちよさそうに目を閉じて、肩まで体を沈めた。

「我が社の技術をまずは実感していただきたくて、お連れしました」

彼は目を大きく見ひらいて、こちらに視線を向けると、

「日本人はこのあと、お酒を飲んで、魚を食べるんでしょう」

「きょうはそこまでの用意はありませんが」と僕は苦笑した。「今度ご案内しましょう」

翌日、佐藤に経過を報告し、熱海への出張の許可をとりつけた。僕も行くのは初めてだったけれど、確か、両親の新婚旅行先が熱海だったと聞いたことがあった。

およそひと月ののちに僕はコヴァルスキと再会した。干物やまんじゅうを売る店の並ぶ温泉街を歩き、カエデの紅葉の映える庭園にも足を延ばした。旅館では、年季の入った屋内の大浴場でゆったりと湯につかった。風呂を出て浴衣をまとうと、日本酒を熱燗《あつかん》で酌み交わしつつ、焼き魚や刺身を食べた。

「我々には、急ぐための技術だけではなく、休むための技術だってあるんです」と僕は言った。

大広間の片隅での食事を終えて、部屋に戻ると二組、布団が並べて敷いてある。

「お訊《き》きしたいのですが」と彼は遠慮がちに口をひらいた。「わたしたちは、この同じ部屋で寝るのですね？」

　僕ははっとして言った。

「すみません。もう一部屋取っておくべきだったかもしれません。空きがないかどうか、いまからちょっと訊いてきましょう」

　友人同士ならいざ知らず、商談相手に対して失礼なことをしてしまったかと、僕は自分のうかつさを恥じていた。いや、スパイに対して、と言うべきなのかもしれないけれど。

「いいえ、問題ありません」と彼は僕を制して、「わたしが何か間違っていたらいけないと思って、確認したんです。ここでゆっくりお休みしましょう」

　僕らは歯を磨き、それぞれ布団に入った。彼の長身は、小さな布団からほとんどはみ出しそうになっていた。

　初回が海辺の温泉街だったので、今度は山なかの宿に案内しようとか、ここならきれいな雪景色が見られるだろうかとか、僕は毎月のように計画を練った。そして、これでも経費をなるべく抑えましたと佐藤をなだめて承認をとっては、コヴァルスキと出かけた。温泉文化の輸出のために力を尽くすそぶりを見せながら、彼の心をゆるませ、真意を聞き出す機会を待った。

ある旅館の部屋で、テレビをつけっぱなしにしていたら、「ポーランド」という言葉が耳に入ってきた。画面に目を向けると、政府による物価の値上げの決定に抵抗する大規模なストライキの様子が短く報じられたのち、次のニュースに移っていった。

「怒ってましたね、ポーランドの人たち」と僕は語りかけた。

「そうでしょう。そうでしょう」と彼はいささか高揚した口ぶりで応じた。「食料品、大幅に高くなりますすよ。わたしだってストライキしたい」

彼のことを政府筋の人間かと思っていたので、いまの発言をことさら愉快に感じつつ、僕は言った。

「こうして一緒に温泉に来ていることが仕事だとしたら、僕を置き去りにして帰ってしまうんでしょうか」

「なるほど。それは申しわけないですね」と言って彼は笑った。

「日本では、ストというのはだいぶ少なくなりましたけど、ほんの一年ばかりまえ、僕らの会社でスト直前までいったことがあるんですよ。残念ながら、実施には至りませんでしたけど」

「残念でしたか」と、苦笑を浮かべて彼が言った。

「ええ、それはもう。当時の春闘で、僕は組合員の代表の一人として、経営側との団体交渉に出席していました。賃上げの回答額に不服だということで、僕らの委員長が言ったんです。『スト権の行使を予告する』と。そしたら、経営側の労務担当の役員が、こんなふうに言いました。『それは労働者の権利だから、一年でも二年でも、ストをやってもらってかまわない。工事が止まるのもやむをえない。しかし、皆さんには生活があるわけだから、ストのあいだも賃金を全額保障する用意がある』と。つまり、働きに応じて支払うのではなく、必要に応じて支払うということですよ」

彼は目を見ひらいて、

「それはまるで、経営者らしからぬ提案ですね」

「僕らも驚かされましたよ。そうやって揺さぶりをかけるのがねらいだったのかもしれません」

「しかし、なぜストライキをしなかったんです？　一年でも二年でも、働かなくてもお金が払われるというのに」

「組合のなかで、いろいろと議論をしましたよ。ストをやるべきだ、と僕は主張したんですけどね。決行したらどうなるのか、この目で確かめてみたかったんです。けっきょく、ストは回避となりました。みんな、怖《お》じ気づいたんですよ。働いても働かなくても同じだけ賃金がもらえるんだったら、我々の労働ってのはいったいなんだ？　無意味だってことになりはしないか、と。そんなこと、ストに突入してからいくらだって考える時間はあったはずなんです。でも、その虚無に正対することに耐えられなかった。そういうことだったんだと思います」

僕の話にじっと耳を傾けていた彼は、無言のまま、ゆっくりとうなずいた。思いもかけず、僕ばかりしゃべりすぎてしまったような気もした。組合での役目は一年かぎりのものだったので、今年は交渉に出席する機会がなく、ストに向けた動きはないまま妥結に至っていた。

また別の折、彼の話を聞くことがあった。

「ポーランドという国は、繰り返し、この世界から姿を消しているんです」

そう彼が言ったとき、僕らはある温泉街の近くのお寺で、すでに花びらを散らし果てて若葉を広げつつあった桜並木のもと、帰り道の石段を下ってゆくところだった。彼は話を続けた。

「新しいところでは、ナチスドイツとソ連に分割されて、消滅しました。よみがえってから、まだ半世紀も経ちません。いまはソ連の仲間として生き残っていますが、このままの体制は続かないでしょう。食料がある、自由がある、安全がある、そういう国でわたしは暮らしたいですし、それがわたしの祖国であってほしい。人々が連帯を深めて、そうなるように進んでいかないといけません。ただ、わたしの国はあやうい場所に位置しています。五十年さき、百年さきの世界地図で、ポーランドという国がどんな形をしているか。またすっかり姿を消している、ということはないと思っていますが」

あるとき、僕は技術研究員の杉本の部屋を訪ねた。というのも、作業員たちの会話を旧現場の温泉で耳にして、気になることがあったのだ。断片的に聞きかじったところによると、ほじくり出す方法から押しひらく方法への転換によって、残土の発生量を以前よりも抑えられるようになったのだとか。それで、詳しいことを杉本に教わろうと思い立った。

彼にはこれまでもときおり、工事の状況を聞かせてもらうことがあった。そのたびに、いかに技術的な困難にぶち当たっているかという話ばかりを耳にして、浮かない気分で部屋を出たものだった。だから近頃では訪ねることも間遠になっていた。今度こそは、困難を一つ乗り越えた、という話が聞けるのではないか。そんな期待を僕はいだいていた。

ドアをノックすると、いつもなら返事を受けてなかに入ってゆくのだけれど、この日は杉本のほうがドアのところまで歩いてきた。彼はドアをひらくと、ボサボサの髪をかきながら、いつものようなぶっきらぼうな口調で、

「鈴木さん、悪いんだけどあなたを当面ここへ入れることはできないんだ」

「えっ」と僕は困惑して声を漏らした。

「僕があなたを信用してるとか、してないとかいう問題じゃないんだ。これは僕個人の判断じゃない。何やら安全保障上の理由だと聞いてるがね」と言って彼は笑みを浮かべると、「いったい何をやらかそうっていうんだい？」

「ぶっそうなこと、言わないでください。僕はスパイでもないし、スパイの手先でもない。本当ですよ」

「わかったよ。本当だろうと思う。だけどこっちにも上からの命令があるからね。僕だってこれでも勤《つと》め人《にん》なんだ。どうも、すまないね」

そう言って彼は手を振り、ドアを閉めた。勤め人？　僕だってそうだ。自分の職務を遂行しようとしているだけなのに、このあしらいはどうしたことだ。けっきょくここへ来ると話を聞かせてもらえても、もらえなくても、浮かない気分になる

んだな、と思いながら僕は廊下を歩いていった。

　ある夏の夜、僕とコヴァルスキは、泊まっている部屋の窓際で向かい合っていた。畳の間だが窓辺だけ板張りになっていて、そこに置かれた籐椅子《とういす》に僕らは座っていた。そとからは、荒々しく流れる川の音と、山じゅうから湧き立つような蟬の声が聞こえてきている。

「見せたいものがあるんです」と彼は言った。

　カバンのところに行き、何かを浴衣のたもとに入れて戻ってくると、少しあいていた窓を閉め、カーテンも引いてから、こう言った。

「あなたの会社とかかわりのあった人物から、手に入れたんです」

　彼は卓上に一枚の写真を置いた。そこには何も映っていなかった。白い縁のなかに、真っ黒の四角。

「これは、なんでしょう」と僕はけげんな思いでつぶやいた。

「わかるでしょう」と彼は穏やかな笑みを浮かべて、「深い、深い穴です」

　僕は一瞬息をのんだ。そして口ごもりかけながら、あわてて言った。

「でも、僕は本当に見たことがないんです」

「ごまかさないで」と彼は少し強い調子で言った。「わたしはまもなく、国に帰らないといけない。時間がないんです。お尋ねしますが、ポーランドの大地から、どこまでもどこまでも続く深い穴を掘っていったら、どこにたどり着くと思います？」

「ニュージーランド」と思わず僕は答えていた。

「そう。まったくの真裏ではないけれど」と言うと彼はじっと僕を見すえて、「あなたの助けが必要なんです。鈴木さん、一緒にポーランドに行きましょう。遠いなんて思わないで。わたしの国は、きっと変わります。わたしたちのリーダーに、会ってみてもらえませんか。国と国のあいだの架け橋になってください。日本とポーランド。そしてポーランドとニュージーランド」

「でも、僕はそんな……、そんな権限は何も持ち合わせてないんです。温泉は、どうですか。ポーランドに温泉を掘りましょう。それだったら、僕らの会社は力になれると思うんです」

彼は悲しげに目を伏せて、小さく首を横に振った。

「本当のことを言いましょう」と僕は彼を見つめて言った。「僕らの会社が、この黒い写真のようなことでお役に立てるとは思えないんです。膨大な費用と時間のかかる事業です。そしてこれが完全に失敗だとわかるのは、ずいぶん先のことになるでしょう。その瞬間は少しでも先送りしなければならないし、そのあいだだけ、僕らの事業は続いていく」

「それでは、あなたは自分たちの事業に、少しも望みをもっていないのですか」

「いいえ、ほんのひとかけらだけ、望みはもっています。だけど、ほんの小さな希望と引き換えに、失うものが大きすぎる。僕はあなたのことを思って忠告してるんです」

「そうですか」と彼は力なくつぶやいた。「わたしたちは、今度危機があったら国土を全部丸めて穴のなかに持ち込んで、危機が去ったら穴の向こうの羊と一緒に戻ってくる。そんな仕組みができるとよかったのですが」

僕らは電気を消して床に就いた。なかなか寝つけずにいた僕は、国に帰らないといけない、と言っていた彼の言葉を反芻《はんすう》していた。もう彼と温泉めぐりをする機会もなくなるのだろうか。

翌日の帰りの電車のなかで、僕らは無口だった。もしも再度、ポーランド行きを強く求められたら……。夜の事務所で総務部管理の合い鍵《かぎ》を使って杉本の部屋に忍び込み、めぼしい書類を借り出してコピーを取るくらいのことは、できそうにも思えた。押しひらく方法の詳細も、きっとどこかに書いてあるだろう。だが、コヴァルスキは慎み深い態度を保ったまま、駅で丁寧に礼を言って僕と別れた。

しばらくして、彼のところに電話をかけてみた。彼から聞いていたのは職場ではなく自宅の番号で、夜ならばつかまることが多かった。帰国するのだとしたら日程はいつか、少し余裕があるのだったらもう一度ぐらい温泉地に行くことはできないか、と尋ねたかったのだけれど、電話はすでに解約されているようだった。ポーランド大使館の番号を調べてかけてみたところ、女性が出た。通訳のコヴァルスキの所在を尋ねると、いったん保留されたのち、「書記官にも訊《き》いてみましたが、わたしたちには、そのような人物に思い当たる節がありません」との答えが返ってきた。なんらかの機密保持が理由だったのか、本当に思い当たる節がなかったのかはわからない。

景気の上昇が続いていて、東京あたりでは土地の値段がどんどん跳ね上がっているらしいと聞きながらも、山奥に暮らしていた僕にはいまひとつ実感が湧かずにいた。けれども、僕らの現場からそう遠くないところでリニアモーターカーの実験路線の建設がようやく着工されるに及んで、出入り業者の話などから建設業界の活況を感じることも増えてきた。横方向に走行するリニアの事業は、かつての国鉄から、民営化されたＪＲへと受け継がれていた。

好景気は一方で人手不足を生んでおり、南米への移民の子孫たちがふたたび日本へ迎え入れられることになった。僕らの現場でも、若い日系人たちが働きだした。ブラジル出身者が多く、あとはペルーからも来ているようだった。温泉で一緒になると、彼らの話す異国の言葉をわかりもせずに聞きながら、いまのはポルトガル語だろうかスペイン語だろうかと、とりわけブラジル人とペルー人が会話しているときには聞き耳を立てた。彼らの話のなかに日本語が入り交じることもあったし、日本人の作業員が一緒にいるときには日本語で話してもいた。

休日には作業員たちが空き地でよく野球をしていたものだったが、日系人たちが入ってきてからは、野球の代わりにサッカーが催される日も出てきた。僕は出場こそしなかったけれど、ときおり空き地の片隅の木陰に座って観戦することがあった。観ているとき、ゆったりとしてときどき緊迫すればよい野球に比べて、サッカーのほうは息が抜けない気がしたが、だんだんと息長く観るペースがつかめてきた。

ある平日の昼下がり、カメラを首に提げて現場周辺の様子を見に行くと、プレハブ平屋建ての入口付近にある自販機で飲み物を買っている者がいた。ときおり温泉で見かける日系人の一人だった。彼が缶を取り出してタブをあけ、飲もうとしたところで声をかけた。

「ちょっと、写真撮ってもいいですか」

彼は不思議そうに目を見ひらいたが、断る理由もないと思ったか、軽くうなずいてみせた。だが、手にした缶に口をつけていいのかどうか、戸惑っているようだった。

「いいですよ、飲んでください」

僕はカメラをかまえてそう言った。彼は何かしらポーズをとったほうがよいと思ったらしく、片方の手を腰にあてがって背筋を伸ばし、もう片方の手を口元に寄せ、缶をゆっくりと持ち上げた。僕はすかさずシャッターを押した。

「ああ、いいですね。もう一枚撮ります」

僕は彼のみならず自販機もよく映り込むよう、横歩きで少し移動した。その動きを追うように、彼も顔の向きを変えた。そこでウィンクさえした。そのときまたシャッターを押した。

「ありがとう。僕もその飲み物、好きなんです」

薬臭い味のコーラもどきの炭酸飲料を、僕以外の人が買っているところを見るのは初めてだったから、とにかく証拠を押さえておくことにしたのだった。

「でも、ブラジルにはこれよりおいしい飲み物があるよ。ガラナといいます」

「へえ」

と僕は感心して声をあげた。いつかあちらへ行ける折があれば飲んでみたいものだ。

「あなた、ときどきサッカー観に来てるでしょ」と彼が言った。「一緒にやる?」

「いや、僕はいいんです。静かに過ごすのが好きなので」

「運動しないの?」

「運動は、高校までは泳ぐのをやってました。いまは、ときどき軽く走ってます。なるべくお腹が出っ張らないように」と僕は両手を腹に当てて言った。

「そう? じゃ、これはやめたほうがいいよ」と彼は手にしていた缶を揺すりながら言って笑った。

それから温泉で出会うと、会話を交わすようになった。彼は日系三世のブラジル人でアレックスといった。僕に語ってくれたところでは、戦前に祖父母が沖縄から移住したのだという。サトウキビの不作が続いていた折、生活苦から抜け出して、豊かな生活が送れるものと夢見ての渡航だったが、コーヒー農園での雇われの身は以前にも増して厳しく、ただ、これだけ広いところへ来たからには、いつか自分たちの土地を持てるだろうと望みをいだいてお金を貯め、のちにアマゾン川流域のジャングルを切り拓《ひら》いてジャガイモなどの野菜農家となった。彼らの長男は、イタリア系移民の女性と結ばれて、夫婦で農地を拡げつつ六人の子供を育てた。その末っ子だったアレックスは、畑のことはほかのきょうだいに任せ、自分はジャングルでの暮らしから脱して都会で生計を立てようと思い立ち、まずは近くのマナウスに出て、そののちサンパウロに移り住んだ。長距離バスの運転手として働いていたところ、日本が日系人を労働者として受け入れるようになったと知った。給料の水準はブラジルよりもだいぶいいと聞き、海を渡ることにした。そのまえに一度帰省して家族に伝えたら、両親は賛成したものの、祖父母、とくに祖母は心配し、反対した。わたしたちはいい話を聞いて、だまされて海を渡ったようなものだ。おまえもまた、だまされるんじゃないか、と。

「それで、アレックスはどう思ってる？」と僕は尋ねた。

「少しだまされた。日本といっても、こんな山のなか。ほとんどジャングル」

あたりを見まわすと、曇り空のもと、僕らを取り巻く付近の山々の緑がやけに黒ずんで見えた。

僕だってこの環境にはちょっとばかり、だまされた、と思うことがないわけではなかった。木々に囲まれ、空気は澄んでいるけれど、異性との出会いの機会は皆無に近い。もっとも、僕のようにのろまな男が都会に身を置いたところで、女たちとは雑踏のなかでただすれ違うばかりだろう。母親から送られてくるパンツを穿《は》いているようではどうにもならないとの自覚はあって、一度はっきりと断って以来、安物のトランクスが届くことは絶えていた。先日久しぶりに送られてきた小包には、ハワイ土産のマカデミアナッツチョコレートとアロハシャツが入っていた。父の定年退職を機にときおり旅行するようになっていた両親が、ついに初めて海外に踏み出したのだ。同封されていた母の手紙には、「おとなりの高橋《たかはし》さんの娘が里帰りしていて、二人目の子を無事に出産しました。かわいい女の子です」と書いてあった。自分も祖母になりたい、という母の願望がそこはかとなく漂っているのを感じたものの、反発もせず、あせりもせず、ただ苦笑を浮かべつつ受け流してしまった。マカデミアナッツチョコレートは何日かかけておいしく食べたけれど、鮮やかな赤地に白いハイビスカスの柄のアロハシャツはなかなか着る機会が見いだせそうになかった。アレックスと温泉で会ったとき、赤いアロハのことを話してみたら、「僕に似合うんじゃない?」と彼が言ったので、引き受け先が無事に決まった。

またあるとき、僕が洗い場の風呂椅子《ふろいす》に座って髪を洗っていると、あとから来てとなりに座ったアレックスから、

「カズさん、知ってる?」と声をかけられた。「ケンがね、ブラジルにいたとき、ここの裏側で穴を掘ってたって」

僕が頭をこすっていた手を止めて横を向くと、アレックスのとなりに日系人のケンがにこにこして座っている。

「あっちの現場では、日本の穴とつながるまで掘るっていう計画だったって」とアレックスが言い添えた。

「そうなの?」

と僕はケンのほうをのぞき込むようにして尋ねた。僕にとってはよく知っている話だったが、穴の目的地は作業員には伏せられているものだと思っていた。裏側の現場では、そうではなかったのだろうか。

「でも、これは内緒の話です」とケンが言った。「地球の反対側にも同じ現場があると聞いて、やってきました。こっちのほうが、給料いいです」

「ケンは『内緒です』『内緒です』って言いながら、作業員のみんなにこの話をしてる」とアレックスが口を挟んだ。

「日本人、まじめだからみんな秘密守るよ」と悪びれたふうもなくケンが言った。

僕はかつてルイーザが言っていたという言葉を思い起こしていた。かえって高い塀で囲ったほうが、ここに秘密が存在するとアピールすることになる、と。いまさらケンのまわりを塀で囲ったところで手遅れなのだし、ここは平然とやり過ごしておこうと腹を決めた。

「僕たち南米人、穴を掘るのは、いつかふるさとに帰るため……」と大きなシャベルで地面を掘り返すような身振りをしながら、アレックスが歌うように口ずさんだ。

ペルーから来ている日系人と話す機会もときおりあった。そのうちの一人、セバスチャンが所用で事務所を訪れたとき、僕は緑茶をいれて差し出しつつ、

「苦いですよ」と声をかけた。

彼はうまそうに飲んでから、

「これと似たお茶が故郷にもあります」と言った。

それはマテ・デ・コカといってコカの葉から作る茶で、高山病にも効くとのことだった。彼の暮らしていたクスコの街は、標高三千メートルを超すという。

ある休日の夕暮れどきに、ケーナという民族楽器の縦笛が、甲高く震えるような旋律を野外に響かせていた。以前にその楽器を見せてもらったことがあったから、吹いているのはセバスチャンだろうと察しがついた。僕は森のなかを黙々とランニングしている最中だった。どこで吹いているのだろう、と思いながら、穴の現場の

はるか外周を大まわりするコースを駆けてゆく。そのうちに、土の道を踏む足取りが少しゆるんで、アンデスの山深くにさまよい込んだ気分にもなった。

森を抜けて視界がひらけると、道の外れの崖《がけ》っぷちに立って演奏中のセバスチャンの姿が見えた。近づく僕の気配を察したらしく、彼はケーナを口元から外して振り向いた。

「いい演奏でしたね」と僕は声をかけた。「邪魔してすみません」

「あそこの山ね、いつか噴火するでしょう?」と彼は富士山のほうをケーナで指し示した。「なのにどうしてこんなところで穴を掘っているか。危ないことです。わたしは音楽を聴かせて、あの山の気持ちを落ち着かせています」

そう言ってはにかんだ笑みを浮かべた。夕焼けの光を受けて赤らんだ富士山は、いつもよりも心なしかふくらみを増しているように、僕の目に映った。なるほど、ふもとを突き刺されつづけていまにも憤激の情を爆発させようとしていたところを、どうにかセバスチャンになだめられていたのかもしれない。ならばなおさら、邪魔すべきではなかった。

日系人たちのなかには、もっとよい働き口や、同郷人たちのコミュニティー、都市での暮らしなどを求めて職場を移ってゆく者もいれば、いくらかの貯金とともに、日本での生活を切り上げて故国へ帰る者もいた。

「僕ね、この温泉入るの、きょうが最後」

ある晩、湯につかっていたとき、となりに座ったアレックスからそう声をかけられた。

「だいぶ穴を掘ったけど、直行便の開通は間に合わなかった。だから遠まわりして帰るんだよ」と彼は言った。

僕は別れを惜しみつつ、帰ってどうするのかと尋ねてみた。すると、ふるさとに帰って農業をやることにしたという。けれどもそのまえに、貯まったお金で南米大陸をしばらく旅してまわりたいとのことだった。

「ここの裏側の現場にも行ってみようと思ってる」

彼が温泉の底のほうを指さしてそう言った。

「本当?」と僕は彼の顔を見すえてから、底のほうに目を落とし、また顔を上げて言葉を継いだ。「じゃあ一つお願いしたいんだけど、もし裏側の会社に行って、ルイーザっていう日本語のできる広報係がいたら、よろしく言っておいてくれないかな。日本の広報係のカズから、ということで」

「ややこしいね」と彼は苦笑して、「カズが、ルイーザに、よろしく？　それだけでいい？」

「それだけでいい」と僕はうなずいた。

翌日、赤いアロハシャツを着たアレックスが、僕らのもとを去っていった。

ケンからも、この地を離れると聞いた。移り先は浜松《はままつ》だという。そんな大きな街でくれぐれも秘密をばらまかないように、と僕は念を押した。ケンは、約束、約束、と笑顔で請け合った。

セバスチャンは、ペルーに帰国することになった。退職の手続きに彼が事務所を訪れたとき、僕はまた彼に熱い緑茶を差し出した。

「お世話になりました。わたしは日本を脱出します」

と彼が別れのあいさつを述べた。僕はそれを聞きながら、あの夕刻の富士山の光景を思い起こしていた。


記事を書くのに使ってきたワープロ専用機の二台目が故障したのを機に、僕の卓上にノートパソコンが導入されることになった。数年来、書きつづけてきたのは旅についての記事だった。穴の向こうの大地には、数々の魅力的な旅先が広がっている。そのような趣旨の広報記事を、僕は日系人たちから聞き及んだ現地の情景の断片をもとに書き記していった。

　――切り立つ山々のはざまに眠っていた、いにしえの山岳都市の跡。スペイン人の侵攻を受けて滅んでから、数百年にわたって忘れ去られていた。高山の冷たい空気のもと、かつて栄えた先住民の王朝をしのびつつ、崩れかけたままの姿をとどめた石造りの建物のあいだを、静かに歩く。振り返ると、リャマが一頭、草を口に含んで顎《あご》を左右に揺すぶりながら、あとをついてきていた。

　――海のように広い河の水面に、沈みゆく大きな夕日が火をつける。赤々と輝く河のうえを、ゆったりと舟で進む。上流にさかのぼってゆく夕日を背にして、川下へと向かう。舟のすぐ横で、燃え立つような水面からデコボコしたものがつかのま浮き出て、また沈んでいった。ワニの背中のようだった。やがて火は消え、河の水に夜の闇がにじみはじめる。

　表書きがブルーブラックのインクのアルファベットでつづられた封書が届いたのは、アレックスが去ってから半年あまりが経ったころだった。横文字に不慣れな僕にも、差出人がルイーザであるらしいことが読み取れた。どぎまぎしながら封を切ると、中身は手書きの日本語で、こんな文面だった。

へはじめまして、カズさん。わたしはルイーザ。ブラジルの広報係です。学生のとき日本語を少し学びましたが、書くのは久しぶりです。

　このあいだ、あなたの友達のアレックスが会社に来ました。彼によると、カズは温泉が好きです。あなたはルイーザによろしくと言いましたね。ありがとうございます。わたしは以前、あなたの会社の佐藤さんが来たとき、カズさんによろしくと伝えました。

　カズとルイーザは、十七年かけてゆっくりとあいさつをしました。


　わたしは毎日、穴のまわりのジャングルのことを調べています。ヤシの木やシダのいろいろ。木に止まっている赤いインコ、黄緑色のインコ。それにカミキリムシや青いモルフォチョウなど。いろんな生き物を見つめ、記録しています。自分で決めた仕事です。だって誰も、広報係の仕事を教えてくれないのですから。

　穴はいつか遺跡になるかもしれません。あなたも、そう思いませんか。エジプトのピラミッドなら、遠くからでも堂々とした巨大な姿がわかります。穴の遺跡はどうでしょう。のぞいてみても、少しも立派なものに見えないかもしれません。ならば、せめて穴のまわりをすてきな自然公園にしたほうがいいと思っています。そうしたらお客さんが少しは来てくれるでしょう。それで、わたしは調査をしているというわけです。

　あるとき、わたしは日本の広報係の文章を読みたいと上司に言いました。自分の仕事はこれでいいのかと迷っていて、地球の反対側のやりかたを知りたくなったのです。わたしの上司があなたの上司から、いくつかの文章をFAXで送ってもらいました。読みましたら、ブラジルや、ペルーのことが書いてありました。あなたは、穴を使って日本の人たちを南米の観光に連れてくるつもりですね。夜のチチカカ湖に映った鮮やかな月。わたしも見に行きたいと思いました。

日本の広報係に直接連絡をしてもいいかと上司に尋ねましたら、日本側に確認しておくと言われて、ずっとそのままです。たぶん、広報係どうしのやりとりは、歓迎されていません。だから、これは仕事上の手紙ではなく、個人的な手紙です。それなら、上司にも止める権利はないでしょう。

アレックスは言っていました。夜の温泉から、富士山がぼんやりと白く輝いているのが見えた、と。これも、とても見てみたいです。昼間の富士山の写真なら、彼に見せてもらいました。彼とあなたも写っていましたよ。

いつの日か、きっとわたしも日本に行きます。それは、工事が完了したときかしら。あるいは、もっと早くに？

地球の裏であなたが勤勉に働いているので、わたしもがんばります。それでは、ごきげんよう〉

僕はこの手紙をゆっくりと読んだ。そして最後に出てきた「勤勉」という言葉に目を留めた。その言葉は、自分に当てはまるのかどうか。おぼつかない気がした。僕はただ、まったく必要性がないようにも思われる記事の死蔵品を積み上げつづけて、その営みからもたらされる空虚さの意識に日々、耐えているにすぎない。耐えきれずにあれこれの仕事を引き受けて、広報係である自分を忘れようとすることさえあった。総務部宛ての書類の受けつけや、事務所内の備品の管理、消耗品の補充などは、いつしか僕の管轄になっていた。社内のほぼすべての人々は、僕が広報係であることなどすっかり忘れているか、最初から知らないかのどちらかであると思われた。

かつての総務部長、佐藤は親会社に呼び戻されて、代わりに入ってきた松田《まつだ》という人物が、僕の二代目の上司となっていた。松田は僕の原稿を受け取ると、見出しを確かめるくらいで、すぐに机のそでの引き出しをあけて、しまい込んでしまうのが通例だった。佐藤のころにはまだしも、内容に関するコメントや調査の進めかたへのアドバイスなんかがしばしばあったが、松田は寡黙だった。だが、そうして静かにしまい込まれていた原稿のうちのいくつかが、知らぬ間に電話線を介してルイーザのもとに届いていたとは驚いた。機密文書をＦＡＸで送るとはうかつな行為にも思えるが、現地で日本語を読める者は限られているだろうし、読めたところでただの観光案内か、そのできそこないにしか見えなかったことだろう。きっとルイーザの目に触れたときに初めて機密文書となったのだ。

　僕の机の中央の引き出しをあければ、奥のほうにルイーザの写真があった。手前のほうに入れている文房具を取り出すついでに、ときおりそっと奥のほうまであけてみた。唯一の同業者であり、心惹《こころひ》かれる存在であるとともに、地球上でもっとも遠くに暮らす存在でもあった。その彼女から、手紙が届いた。母国語の日常生活では無縁であろう縦書きで、不揃いながら一粒ずつ丹念に書いたらしいブルーブラックの文字の並んだ便箋《びんせん》を、僕は何度か読み返してから、足元の床をじっと見つめた。

　ふだん使うことのない万年筆を買ってきて、インクの濃淡に思いをにじませようと念じつつ、返事を書いた。穴が遺跡になるとは考えていませんでしたが、まわりを自然公園にするという計画には賛成です、いつかまっすぐにブラジルへ行けるときが楽しみです、と。できてみると、僕の臆病《おくびょう》さの成果として、どこか素っ気なく儀礼的にさえ見える文面になっていた。もっと自分の近況を詳しく書いてみたり、相手に質問を投げかけてみたり、「まっすぐにブラジルへ行けるときが」ではなくて「あなたに会えるときが」とはっきり記してみたりしてもよかったのではないか。

「まっすぐに」と穴の完成を前提にする必要はなかったし、「あなたが訪ねてくるよりも早く、僕のほうから出かけていきたい」と書いたってよかった。そんな後悔が胸をかすめたのは、生まれて初めての国際郵便を送ったあとのことだった。

いつか自然公園となるはずのジャングルのことを思い浮かべて、僕は新たに観光案内の記事を書き起こした。穴のまわりにあるのだから、日本からの日帰りも可能かもしれないけれど、できれば宿泊してゆったりと過ごしてもらいたいところだ。早起きして散歩に出かけ、色とりどりのインコたちの鳴き声に耳を澄ましてみたい。そんなことをあれこれ考えて滞在プランを練り、記事にまとめていった。

むろん、穴の向こうの人々にも、こちら側にぜひ観光に来てもらいたい。山中湖《やまなかこ》に河口湖《かわぐちこ》。富士山の裾野《すその》の湖畔を静かに散策するのもいい。秋には勝沼《かつぬま》あたりに足を運んでぶどう狩りを楽しんではどうだろう。みずみずしい桃の甘さも堪能《たんのう》してほしい。地球の裏側の人々に向けて、山梨での休暇の過ごしかたを提案する記事をいくつか書いた。

ルイーザからの二通目の手紙は来るだろうか、来ないだろうか。期待とあきらめを交錯させる日々を送ったけれど、手紙のやりとりはけっきょく一往復きりで終わった。僕とて仕事上の手紙ではなく個人的な手紙として書いたつもりだったのに、自分自身の体温を実際よりもずいぶん低く伝えてしまったのかもしれない。万年筆とブルーブラックのインクカートリッジはその後、使われる機会がなかった。

省庁再編によって、運輸省が建設省などと合わさって国土交通省になったとき、僕らの会社で請け負ってきた穴掘り事業が省内で「発見」された。

いったい、この事業はなんだ？

いつ、誰が始めた？

無駄ではないのか？

国交省の内部でそんな議論が交わされている、と僕はかつて取材を通して知り合ったある運輸省OBから教えてもらった。最初に疑問視したのは他の省庁出身の幹部だったというが、問題なのは、この事業の生まれた経緯や現在における必要性について把握している者が、運輸省出身の現役職員のなかにさえいないということだった。むしろ無駄な事業としてあぶり出すことで省庁再編の成果としようとする一派の声が高まっている。そんな状況にあるという。

これは事業の危機であり、僕らの会社の危機でもあるに違いなかった。上司の松田に相談すべきだろうか、と思っていると、松田のほうから呼び出された。

「国交省から、あなたにヒアリングをしたいという依頼がきているんですが」

この事業の現況確認のため、各所の関係者を呼んで聞き取り調査をおこなうのだという。あらかじめ運輸省OBの話を聞いていたから、事情はすぐに飲み込めた。

「何か資料を持っていったほうがいいでしょうか」と僕は尋ねた。

けっこうな分量になっていた記事のストックのなかからめぼしいものを抜き出し、まとめ直そうかと考えた。

「とくに求められていないので、手ぶらで行ってください」と松田が言った。「事業存続のためにと思って出した資料が、先方の受け止めかた次第では、事業廃止を理由づけるための資料にだってなりかねないのですよ。ここは慎重にいきましょう。何か込み入った話になったら即答は避けて、『社に戻って確認します』と言っておいてください」

議論の流れに影響を及ぼすような役割が、僕に期待されているわけではない、ということがよくわかった。少しでもいいほうに影響を及ぼせれば、と自分としては思ったのだけれど。

指定された日時に、国交省へ出かけた。会議室に通されて待っていると、ロの字形に並んだ机の向かい側の席に、スーツ姿の男性五人が座った。対する僕は一人。

ヒアリングの対象者は、時間をずらして一人ずつ呼ばれているのだろう。五人のうち四人は眼鏡をかけていて、右から二番目と一番左は顔の形や髪型まで似ていたけれど、さすがに双子ではなさそうだった。

「お名前は……」と手元の書類に目を落としながらつぶやいたのは、まんなかの席の唯一眼鏡をかけていない年配の人物だった。

「鈴木一夫です」と僕は名乗った。

「鈴木一夫」「鈴木一夫」と彼らは書類を指さしながら僕の名をとなりの人にささやき合っている。「載ってない」「いや、ここに」といった声も聞こえる。

五人のなかでもっとも年若いと見える一番右の男がとなりに耳打ちすると、席を立った。

「しばらくお待ちを」

まんなかの男に言われて、僕はおとなしく待っていた。やがて、さっきの男が戻ってくると、まんなかの男のもとへ行って二枚の書類を差し出し、

「日付は同じです」と小声で言った。

「載っているのと載ってないのと、両方あるわけだな」とまんなかの男が応じた。

「困ったな」

「あのう」と僕は話しかけ、まんなかの男がこちらに目を向けたので、言葉を継いだ。「わたしはもしかすると、きょうここに呼ばれていなかった、ということなのでしょうか」

「いいえ、そうと決まったわけじゃありません。目下のところ、可能性は五分五分です」

「にもかかわらず、わたしはここへ来てしまい、こうして皆様のまえに座っている、と」

幾人かの苦笑が聞こえた。

「どうか悪く思わないでください」と左から二番目の男が、きまじめな調子で言った。「もう一度、名簿作成の時点にさかのぼって状況を精査してみる必要がありそうです」

「恐れ入りますが」と僕は彼らに語りかけた。「どちらにしても、せっかくですからわたしのヒアリングを始めてみてはいかがでしょうか。ひととおり聞いていただいたあとで、果たしてわたしがヒアリングの対象者だったのかどうか、精査していただければよいのではないかと」

「それがいい」

と、一番左に座っていた、髪を二対八ぐらいの割合で左右に分けた男が声を漏らした。同じ髪型のもう一人の男のほうに僕が目を向けると、彼も深くゆっくりとうなずいていた。

「では、ヒアリングの実施については、それを結論といたしましょう」とまんなかの男が言った。「さて、鈴木一夫さん。あなたにお尋ねしたいことは……」

そこで言いよどみ、左から二番目の男に何か耳打ちされたのを受けて、

「山本清晴。この人物のことを、ご存じですか」

「はい」と僕は答えた。「直接お会いしたことはありませんが、存じ上げております。我々の事業の発案者かと」

そう口にしてから、「我々」とは誰かと自問した。僕自身と、僕の会社の者たちと、それからいま目のまえにいる彼らも本来であれば含まれているはずだった。彼らにその自覚がどれほどあるのかは少々怪しくなっていたけれど。

「なるほど、知っていらっしゃる。じゃあうかがいますが、山本清晴はなぜあのような事業を提案したのでしょうか」

「だって、近道じゃありませんか」

「近道……」という不審げなつぶやきが、まんなかの男以外の幾人かの口から漏れ

た。

僕は補足する必要を感じて言った。

「なぜ？　と上司に訊《き》かれたとき、山本清晴はこう答えたんです。わたしが調べたかぎりでの話ですが」

「その近道というのを造って、山本清晴はどうするつもりだったんだろうか」とまんなかの男が、なかば自問めいた口調で言った。

「どうする？」と僕は彼の言葉を復唱した。「それは、山本清晴が考えるべきことでしょうか。むしろその答えは、近道を通るほうの人間たちにゆだねられているのでは？　山本清晴はこの近道を考案しただけで、造りはじめるのを見届けることなく、まして通ることもなく世を去りました。しかし、いつか道を通る人たちが現れる。ある人は仕事かもしれないし、ある人は旅行かもしれない。どんな案件か。旅先はどこか。さまざまです。差し迫った危険から逃れたい人もいるでしょう。穴の向こうの誰かに会いたくて通り抜ける人だっている。通る人が千人いれば、そこには千通りの理由があるんです。それでもまだ足りませんか」

机のうえに身を乗り出すようにして、僕は語っていた。

「まあ、ちょっと落ち着いて」とまんなかの男がなだめるように言った。「話を整理させてもらいます。わたしたちが知りたいのは、あの事業の計画が生まれた歴史的な経緯です。そこで、山本清晴のことをお訊きしました。確認したいのですが、いまお話しになったなかで、山本自身の発言ないし考えは、どこからどこまでですか」

「だって、近道じゃありませんか。これは山本清晴の発言です。残りは全部、この発言に関する鈴木一夫の解説です」

「よくわかりました」

と、まんなかの男がうなずいた。ほかの者たちは、手元のノートにそれぞれ何やらメモをしている様子だった。

「山本清晴のことをお知りになりたいのでしたら、社に戻れば彼に関する調査記録がたくさん残っていますので、ご用命いただければご提供できるかと思います。事業の存続のために必要ならば、ということですが」

「そうですか」と、まんなかの男がそっけない口ぶりで応じた。「いまの段階では、必要性について判断がつきませんので、けっこうです」

「一つ質問ですが」と右から二番目の男が言った。「穴の通行理由が千差万別、多種多様に想定されるとなると、よからぬ連中、たとえば麻薬の密売人なんかが出入りすることも考えられますか」

「それは、そうでしょうね」と僕は応じた。「同時に、麻薬を取り締まる捜査官も行き来するでしょうけど」

「なるほど。穴のこっちと向こうで挟み撃ちって手もありますね」と、質問者と同じ髪型の男がつぶやきながら、ノートにペンを走らせていた。

「なるべくなら、そんな目的のために使ってほしくはありませんが」と僕は言った。

「ええ」と、まんなかの男がうなずいた。「いずれにしましても、いまの話は我が省ではなく警察庁の所轄事項になります」

ほどなく僕は、このつかみどころのない取り調べから釈放された。その後、どのような議論が省内で交わされたのかはわからない。結論がどうなったか、そもそもなんらかの結論が下されたのかどうかさえ、耳にする機会はなかった。少なくとも、事業中止というかけ声が僕らの会社に届くことはなかったので、それまでどおりの業務が続いていった。一つ残念なことがあるとすれば、国交省職員から僕宛てに電話があって、「調査の結果、鈴木さんはヒアリングにお呼びしていなかったことが明らかになりました」ということだけはきっちりと報告してくれたことだった。

東京ディズニーランドに行くのは初めてのことだった。相手がたの指定で、ここの入口まえが待ち合わせ場所になっていた。相手というのは海外の王子級の要人で、我が社の事業に興味を寄せているのだという。どこの国かも知らされぬまま、とにかく一度会ってみて先方の意向を聞いてくるように、というのが上司の松田の指示だった。王子級とは聞きなれない言葉だが、王子と同等ということなのだろう。お忍びの会合なので、目立たぬように一人、話のわかる人物をよこしてほしいというのが先方の要望なのだそうだ。それなら話を聞いてわかってもわからなくても、わかったふりくらいはしなければなるまい。王子級に釣り合う人選とも思われなかったが、長らく組織の末端にとどまってきた僕は、いざ間違いがあったときに切り落としやすいシッポのようなものなのだろう。

東京とうたってはいるが、実際には千葉県浦安市《うらやす》の舞浜《まいはま》駅前にある。入口の構えからして王宮の門めいた立派なもので、王子級との面会にはふさわしい気がした。平日の昼下がりだが、連休と連休のあいまということもあってか、けっこうな人出がある。相手は目印として、右手首に赤いバンダナを巻いているという。さっきから幾度か行ったり来たりしているあいだ、明らかに一人、右手首に赤いものを巻いている人が視野に入っていたのだけれど、あれはバンダナではなくスカーフではないかと思えたし、その人は女性のようだった。王子ではなく王女なのだろうか。いや、本人ではなく側近ということもありうる。そういえば、通訳も来るはずと聞いていたが、彼女がそうなのだろうか。短めの黒髪で、黒縁眼鏡をかけた顔はアジア系で丸みを帯びていて、白地に紺の横縞《よこじま》の服に黒いズボンを着用し、肩からオレンジ色のショルダーバッグを提げている。商用というより遊園地に遊びに来ているような装いと見えたが、僕のほうでも目立たぬように背広もネクタイも身に着けていなかった。彼女で合っているという確信はもてなかったが、声をかけてみることにした。

「エクスキューズ・ミー。あの、アイ・アム……」

「鈴木さんですか」と彼女が日本語で言った。

「あ、そうです。よかった」

「さっきから、そうじゃないかと思って見てたんですよ」

そう言って微笑むと、彼女は手首のスカーフをほどいてバッグに収めた。僕から名刺を受け取って、

「ごめんなさい」と彼女は詫《わ》びた。「わたしは持ってないんですけど、デイジーって呼んでください」

「わかりました、デイジーさん」

「さ、行きましょう」と彼女は名刺をバッグにしまいながら言って、二枚の紙片を取り出すと、「チケットはもう買ってありますから」

手渡されたのは単なる入園券ではなく、遊具に乗り放題となるパスポートというものだった。これは、遊べるのかもしれないぞ、と僕はかすかに期待した。

入口へと歩きだした彼女と横並びになりながら、

「お相手のかたは、なかでお待ちなんですか」と尋ねてみた。

「お相手？」

「きょう、これからお会いするかたです」

彼女は心持ち沈んだ口調で、

「じつは、きょうはわたしだけなんです」と言った。

「あ、そうでしたか。失礼しました」

つまり、彼女こそお忍びの王女様なのだろうか。

「ボスが急に来られなくなったんです」と彼女が言った。「わたしだけ早く日本に来ていて、きのう合流するはずでした。ボスも成田《なりた》には着いたんですが、そこからさきに進めなくて」

「そうだったんですか」

「ボスのパスポートでは、ディズニーランドどころか日本にも入れなかった。ここへ来るのを楽しみにしてたんですが」

「じつは僕も楽しみにしてました。ディズニーランド、初めてなんです」

「ああ」と言って、彼女は笑った。「わたしは来たことありますよ。日本に留学していたころに」

「へえ。僕も東京で大学生活を送ったんですが、そのころにはまだ、なかったんですよ」

あったとしても、一緒に来るような相手はいなかったけど、と心のうちで言い足した。彼女は香港の出身で、日本の大学で経済学を学び、いまはマカオの事務所で秘書として働いているという。

園内に入ると、彼女は案内マップを広げて、

「どれに乗りましょうか」

「いきなり乗りますか。お話は、いいんでしょうか」

「待ち時間のあいだに。それか、乗りながらでも」

「ああ、そうですね。さて、どれがいいのやら僕にはよくわかりませんが、とりあ

えず、ジェットコースターのような激しいやつとか、お化け屋敷みたいな怖いやつとかは……」

「好きですか」

「いえいえ、やめたほうがいいかと思って。僕、わりと臆病《おくびょう》なので」

「じゃあ、怖くないのにしましょう」

まずは、アリスのティーパーティーに乗ろうと決めて、僕らは歩きだした。

「手、つないでいいですか」と彼女が言った。

「手？」

「ここでは、そのほうが自然に見えるでしょ？」

僕はあたりを見わたし、家族連れに交じってカップルたちの姿が少なからず目につくのを認めつつ、

「ま、そうですねえ」

「恋人みたいにしてたら、大事な話をしても、誰もわたしたちに聞き耳を立てないでしょう」

「じゃあ、いいんですか、つないでも」と遠慮がちに僕は言った。

「本当の恋人に怒られる？」

「いたらいいんですけど」と笑って、僕は彼女の手を取った。

「恋はたくさんしたほうがいいです」と彼女が諭すように言い、「好きな人もいない？」と尋ねた。

「います。いますけど、ずっと遠くに」

「ずっと遠くって、地球の裏側ぐらい？」

「まさにそうです。よくわかりましたね」

僕らは順番待ちの列に並んだ。好きな人はブラジルにいて会ったことがなく、手紙のやりとりしかしたことがない、と話したら、「つまり、ペンフレンド？」と訊《き》かれて、そんなようなものだと答えておいた。

さほど待つことなく、乗り込むことができた。ティーカップは僕ら二人を向かい合わせに乗せて、コマのように回転しながら、ティーポットの周囲を不規則な軌道でめぐってゆく。込み入った話をするには落ち着かず、「けっこう速いね」「でも怖くないでしょ？」などと言って笑い合っているうちに終わってしまった。

次に並んだのは、ピーターパン空の旅。だいぶ長い列ができていた。順番を待っているあいだに僕はふと、彼女の耳元で声をひそめて、

「大事な話って？」と問いかけた。

今度は彼女が僕の耳元で、

「それは今度ボスに訊いて」とささやいた。

「そうなの？」

僕は驚いて彼女に目を向けた。彼女はいささか不機嫌そうな口調で、

「せっかく夢の国に来て、現実の国の話はしたくない」

「じゃ、きょうはデートするだけ？」

「それじゃ、駄目？」

「いや、いいけど……」

仕事で来ている以上、上司に何も報告しないってわけにはゆくまい。デートの内容をそのまま報告するしかないのだろうか。

僕が少し困っているらしいと感じたのか、

「じゃ、ボスの代わりに少しだけ」と彼女が言った。「ボスは北の国から出てきて、いまはマカオに住んでる。そして世界中を旅してまわってる」

北の国から？　と一瞬自問して、朝鮮半島の北の国のことかと思い至った。

「あと何年かしたら、ボスの国で世代交代があるかもしれない。そのときに備えて、ボスはいろんな国を見て、どんな国にしていけばいいかを考えてる。食べるものに

困らないことも大切。でも、それだけじゃない。ボスは、自分がお父さんから権力を受け継ぐのがいいのかどうか、迷いもあるみたい。あとを継がなくたって、ほかに兄弟がいる。だけど、国をよくしていくため、自分にできることがあるはずだと思ってる。それで、鈴木さんの会社に相談したいことがあった」

「どんなことだろう」

「東ヨーロッパに、温泉を掘ろうとしてたでしょう」

「よく知ってるね」と僕は苦笑交じりに言ってから、つけ加えた。「もう、だいぶまえのことだけど。それに、実現はしなかった」

「そうみたいね」

「温泉は健康にもいいし、気持ちもほぐれる。痛みとか苦しみをやわらげる力があると思う。僕としては、おすすめしたい。で、ボスは温泉を掘りたがってるの?」

「それはね、今度ボスに会ったときに」

そのときには温泉宿で会合をもつのがいいだろう。めぼしい候補地を探しておこう、と僕は思った。

僕と彼女が飛び立つ順番がまわってきた。夜空のもと、空飛ぶ小さな海賊船に乗って、テムズ川の流れるロンドンの街からネバーランドの不思議な光景のなかへと進んでゆく。岩場に座ってくつろぐ人魚たち。頭に羽根飾りをつけた部族。剣を振るう海賊の船長。船を操る永遠の少年ピーターパンと、彼を見つめる少女ウェンディ。そんな人物たちの姿が視界に浮かび上がっては過ぎ去っていった。

そのあとは、プーさんのハニーハントに並んだ。これもずいぶん待つことになった。大事な話は済ませてしまったので、あとはおよそ雑談に費やされた。膨大な待ち時間と、ほんのわずかなあいだの楽しみ、この両者の釣り合いについても話し合った。

「釣り合ってないと思う」と彼女は言った。「わたしたちは、ほとんど並ぶためにここへ来てるみたい」

「でも、あとで楽しい時間が来るとわかってて待ってるあいだって、それ自体が少し楽しい時間になってる気がする。このさきにハチミツはないってわかったら、僕たちはこんなところでいつまでも突っ立っていられない。待ちつづけたあとのハチミツは、ほんのちょびっとでも、うんと甘く感じられる。そのために僕らは待たされてるんだろう」

「なんて優秀なミツバチだ」と彼女が笑った。

待ちに待った挙げ句、僕らはつかのまのハチミツ狩りに出発した。ハチミツの壺《つぼ》みたいな乗り物に揺られて森のなかへ。風船につかまったプーさんが飛んでゆくのが見えた。しまいには、木の幹の穴のなかでハチミツにまみれたプーさんの姿があって、甘い香りさえかすかに漂ってくるのを僕は感じた。

乗り物を降りて、もう暗くなってきていた屋外を歩きだした。

「どう、甘かった？」と彼女が訊いた。

「甘かったあ」とうれしげに僕は言った。

「かわいいね」

「プーさん？」

「プーさんはボスに似てる。わたし、あなたのことを言った」

僕はあわてて、

「そりゃ、何かの間違いだ」と打ち消した。「生まれてから一度も言われたことない」

「子供のころは？」

「ないよ。親にだって言われたことない。かわいくない子供だったんだ」

「それ、わたしもだよ」と何か思い出したか、彼女が憤ったように言った。「母親から、かわいくない子供って、はっきり言われてた。どうしてわたしからこんな子が生まれたか、って。まあ、むかしのことを言ってもしょうがないね」

そんな子供のころのデイジーを慰めてやりたくなって、僕は彼女の頭をそっとなでた。彼女が恥ずかしそうに小さく笑った。

ディズニーのキャラクターたちが電飾の光に満ちた乗り物に乗って園内の道をにぎやかにめぐってゆく夜のパレードをしばらく眺めてから、僕らは門を出た。

夕食をまだ摂《と》っていなかった。やきとり屋に行きたい、というのが彼女の希望だった。正確にはボスの希望で、それがかなわなくなったので、彼女が代わりに行くというのだ。なんでも、ボスがむかし日本に来たとき、サラリーマンに交じってやきとり屋で楽しく酒を飲んだことがあったらしい。

かつて山本清晴の足跡《そくせき》をたどっていたころ以来、新橋に来たのは久しぶりのことだった。山本のいきつけの店があったあたりからそう遠くないところに見つけた風情ある古びたやきとり屋に僕らは入った。背広姿のサラリーマンたちのあいまのカウンター席に収まって、串《くし》ものをさまざま頼み、ビールで乾杯した。甘いタレにくるまれたやわらかい鶏肉《とりにく》と歯応《はごた》えのあるネギの交互に刺さったねぎまが僕は好きだった。彼女は肉だけが並んで刺さっているほうがうれしいという。

皿にはレバーの串も載っていた。生臭さとねっとりした食感があまり好きではなかったが、山本のゆかりの地でレバーを食べないわけにはゆくまいと思っていたのだ。豚ではなく鶏のレバーだったけれど、口に運ぶと塩味が利いていてなかなかいけた。最後のひとかけらを串から外し、皿のうえに置いて眺めた。

底のない穴を空けよう。そんな言葉が脳裏をよぎった。肉のかたまりに、串を刺す。すると、底のない穴ができる。

あれは、戦後まもないころに、やきとり屋で豚のレバーをくわえていた山本の心に浮かんだかもしれない言葉として、かつて新入社員だったころの僕がレポート用紙に書きつけたものだ。山本を知る人々の話を聞き集めながら、聞けるはずもない山本の胸中の言葉を書き取ろうとしていた。いわば、僕自身がなかば山本清晴となる。僕が山本と出会うには、そうするしかなかったのだ。

「何か、考えごとしてる?」と探るようなデイジーの声が耳に届いた。

「レバーに空いてる穴を見てた」と僕は答えた。

ビールの次に、焼酎《しょうちゅう》を頼んで僕らは飲みつづけた。

「むかし、戦争が終わったばかりのころには、カエルの塩焼きなんかも食べてたって、聞いたことがある」

「中華料理では、いまでもカエル、食べてるよ」

そう言って彼女はペンを取り出し、割り箸《ばし》の包み紙に「田鶏」と書いて、「食べられるカエル。広東語の読みかたで、ティンガイ。田んぼのニワトリ」と教えてくれた。

締めくくりにお茶漬けを食べてから、僕らは店を出た。僕の出張は日帰りの想定だったけれど、もう帰るには遅すぎた。山手線《やまのて》に乗って、彼女の泊まっているホテルの最寄り駅まで移動した。コンビニに立ち寄り、彼女が缶チューハイやペットボトルの烏龍茶《ウーロン》を手に取って、僕の持ったカゴのなかに入れていった。店内をまわっていて、彼女がふと立ち止まると、

「友達から、日本のおみやげにって頼まれてた。おすすめを教えて」

彼女の指し示す棚に並んでいたのはゴム製品で、僕にはおすすめを選ぶほどの知見などまるでなかった。

「友達って、男の人？　女の人？」

「女の人だよ」と言って彼女はアルコールで赤らんだ顔を照れ笑いにほころばせた。

それなら、もらった本人が装着するわけではないだろうし、パッケージの見栄《みば》えを重視してはどうかと思いつつ、楽しげな色遣いのものを僕は選んだ。

彼女の部屋で、リンゴの缶チューハイを飲んだ。一缶ずつ飲み干してから、彼女

がさきにシャワーを浴びに行った。僕はいま、無防備になりすぎていないだろうか、と自問した。けれども、持ち去られて困るような機密書類を持参してきているわけでもなかった。本日の勤務時間がどの時点で終わったのかは必ずしも明瞭《めいりょう》ではなかったが、さすがにもういいだろうと判断し、眠りに就くまでのあいだの私的な出来事については記事に残さないことにした。

明くる日は休日だったけれど、あくまで日本の祝日であって、デイジーには仕事があった。駅のホームで、僕と彼女は互いに反対方向に向かう電車を待っていた。さきに来たのは彼女の乗る電車だった。

「一夫さんも乗ってよ」と彼女が言った。「この電車、ぐるっと一周するから、少し遠まわりになるだけでしょ?」

手を握られて引っ張られるような恰好《かっこう》で、僕は山手線の車内に乗り込んでいた。

僕らは扉の近くに立って、電車に揺られていた。彼女の片手は座席のわきのポールをつかみ、もう片方の手は僕の手を握ったままでいた。彼女にとっては、この振る舞いもすべて仕事のうちなのだろうか。そうだとしても、彼女の手は温かだった。

電車が停まった。僕が、握っていた手をゆるめると、彼女も手を放して一人、ホームに降り立った。いったん人の流れに押されてホームのなかほど近くまで進んだ彼女が、僕のすぐまえに戻ってきた。口紅の色鮮やかな口元に、はにかんだような笑みを浮かべて彼女は言った。

「またすぐ日本に来るから。それまで忘れないでよ、わたしのこと」

僕は黙ってうなずいた。扉が閉まった。電車が動きだすまでのあいだ、僕はガラスを隔てて彼女とまなざしを交わし、手を振り合っていた。

彼女のボスらしき人物が、偽造パスポートで入国しようとして退去処分になったと、あとから読んだ新聞で知った。それ以来、彼女との再会のときがめぐってくることはなかった。

そとからかかってくる外線電話と、社内の内線電話。取るべき受話器は同じだが、着信音が異なる。短い音の繰り返しは、内線電話だ。僕は受話器を取って、

「はい、総務部です」と告げた。

「あれっ」と当惑した声が聞こえた。「広報係の鈴木さんは、辞めちゃったのかな」

冗談というより、本気でいぶかしんでいるような口ぶりだった。

「辞めてませんよ、わたしです」

技術研究員の杉本からの電話だった。僕のことをいまだに広報係と認識してくれ

ているらしい数少ない社員だ。

話したいことがある、と言われたので、僕は三階の奥にある杉本の個室に出向いた。ドアをノックすると、「はい」と気だるげな声がした。あけると、机の両脇に山積みになった本や書類のはざまに、彼の顔が見えた。寝癖をそのままにしたようなボサボサの髪は以前と同様だったけれど、白髪がいくらか交じりだしていた。

僕は彼と机を挟んで向かい合わせに座った。ここで話を聞くのはずいぶん久しぶりのことだった。どこか不機嫌そうな彼の表情を見ながら、ついに事業の完全なる行き詰まりを露呈せざるをえなくなったか、と覚悟していた。

「多くは語りませんが、ちょっとこれを見てください」

彼は身に着けていたしわくちゃの白衣の脇腹にあるポケットに手を入れ、何かを探すようにまさぐっていた。つかみ取って机のうえに置いたのは、一玉のみかんだった。

「みかん、ですね」と僕は見たままを述べた。

「そのとおり。みかんです」

そう言うと彼はまたポケットに手を入れて、木製の小さなつまようじを一本、取り出した。その尖《とが》った先端を、みかんのヘタのそばの皮に押し当てて、指で持ったようじの根元のほうを揺すぶって見せた。

「皮には、外界から身を守るため、それなりの抵抗感がある」と彼は僕を見すえてそう言うと、みかんのほうに視線を戻し、「だが、ひとたび皮を破れば……」

彼はようじを一気にみかんの内部に突き刺した。

「皮を、破ったんですか?」

僕は自分の顔が紅潮してくるのを感じながら、彼に尋ねた。彼は小さくうなずくと、

「現実はこんなに素早くはいかない。破ったあとで、いまの何千万倍ものスローモーションが続いていくものと思っていてください。僕の定年までに、間に合うかどうか」

そう言って口元にかすかな笑みを浮かべた。

「さあ、これをお持ちください」

彼はようじの突き立ったみかんを手に取り、僕の近くに置き直した。僕は礼を述べると、みかんを握った片手ごとズボンのポケットに突っ込み、足元を一瞬ふらつかせて体勢を立て直しつつ部屋を出た。

一階の自分の席に戻って、ポケットの中身を机のうえに取り出した。しなびかけ

て細かなしわの寄った果実の皮に、細く小さな木の棒が、頼りなく突き立っている。

みかん色の地球。緑色のヘタのところが、富士山みたいに盛り上がっている。

つまようじをゆっくりと引き抜く。そして僕はようじを横向きにくわえて甘い汁をぬぐい取った。

穴は確かに空いていた。僕は果実を手にして裏返すと、ブラジル側にようじのさきを当て、皮を破る手応《てごた》えを感じながら押し込んでいった。

こんな機密事項を無造作に机のうえに置きっぱなしにしておくわけにもゆくまいと思った僕は、地殻をむいてマントルを取り出し、四つに割って一つずつ、手早く口に放り込んでいった。

その晩、宿舎に帰るまえに温泉に寄ると、三人の先客がいた。中国から招かれている技能実習生たちだった。実態としては、若い働き手の不足を補うために現場で仕事をしてもらっているというのに近い。僕らのところに限らず、農業や漁業、製造業などさまざまな職場で、中国や東南アジア諸国から来た実習生たちが働いているらしい。

湯につかって中国語でにぎやかに会話している彼らのかたわらで、僕は静かに、遠景のほの白い富士山を眺めていた。

ふと、彼らのほうに顔を向けると、抑揚に富んだ活力ある言葉が飛び交うはざまで、豊かな手ぶりが示されているのが目に留まった。ある者は、両手の人差し指を伸ばして指先同士をせわしなくつつき合うしぐさを見せ、またある者は、ひらいた手のひらにもう片方の人差し指のさきを押しつけてねじり回すような動作をしていた。一人が僕の視線に気づいたのか、こちらを向いた。僕はあわてて顔をそらすと、また富士山のほうに目をやった。

三人のうち二人が上がってゆき、さっき視線の合った青年と僕だけが湯のなかに残された。彼とは、以前にも少し話したことがあった。劉《りゅう》という名で、四川《しせん》省の出身ということだった。体格がよく、日本に来るまえには体操をやっていたという。そう聞いて、アテネの次の夏季大会を念頭に、僕は尋ねた。今度の北京オリンピックには出ないの、と。その可能性も少しはあったのですよ、と彼が寂しげに言ったので、僕は自分の軽口を恥じたものだった。彼の年頃は、僕の入社時と同じぐらいで、僕はその二倍を優に超える年齢になっていた。

「カズさん、もしかして、中国語わかりますか」

僕は劉から日本語でそう尋ねられて、

「いや、わからない」と苦笑交じりに答えた。「ただ、手つきを見て、どんな話をしてるのか、想像してたんだ」

「どんな話か、わかりましたか」

「穴を掘る話、じゃないかな」

「ああ、わかりましたか」と彼は笑って、「どうやって穴を掘るのがいいか、話し合ってたんです。両方から掘るのがいいのか、片方から掘るのがいいのか」

「片方から？」

「はい。もし両方から掘るなら、裏側の了解を得ないと駄目ですし、資金も出してもらわないといけない。でも片方だったら、自分たちでどんどん掘っていって、向こう側に出たら、そこで『こんにちは』と言って、交渉を始めたらいい。こっち側だけお金がかかるけど、できてしまったものを認めてもらうほうが、話は早いでしょう」

「なるほどねえ」と僕は感心してつぶやいた。

「いまはまだ秘密の技術ですが、日本でうまくいったら、今度は中国で掘りましょうとなると思います。新しい交通手段になるだけじゃなく、ジャングルの新鮮な空気が大都市に流れ込んでくれれば、大気汚染対策にもなります。日本で一本掘ったら、中国では急いで十本掘るでしょう。国の面積が広いから、裏側にあるいろんな国に向かって掘ることができます。アルゼンチン、ボリビア、チリ……」

「チリにも？」と僕は声をあげた。「チリというのは細長い国なんだよ？　的を外さないように気をつけて掘らないと」

「ええ。ですからチリには、技術力を高めてから挑戦すると思います。まずはブラジルの北部あたりから……」

　確かに、そのあたりの広大なジャングル地帯なら、ちょっとぐらいずれたってなんとかなりそうな気もする。大河の底を突き破ってピラニアの大群が押し寄せてきたりしたらたいへんだけど、人々はきっと勇敢に立ち向かうだろうし、アマゾンの魚を使った魅力的な新メニューが中華料理に加わることになるかもしれない。

　いつの日か、この地球がヘチマのタワシみたいに穴だらけになる日が来るのだろうか。しかし、すべては最初の一本を成功させてからの話だ。

　宮城県沖を震源とする激しい地震が東日本を襲った。地震によって引き起こされた大きな津波が、東北地方の太平洋岸を中心に幾多の犠牲者を生み、人々の生活の場を根こそぎなぎ倒して無数の瓦礫《がれき》へと砕いてしまった。福島県の海岸沿いの原子力発電所が壊れて、放射能を帯びた粒子が宙に散り、海と大地に舞い降りた。二〇一一年の春にこの国を見舞った災厄だった。

地震も津波もそれ自体は天災だけれども、原子力の平和的利用をうたって、危険をはらんだ物質を扱う施設を海辺に建て、損傷を受けたときに被害の発生を回避する仕組みが機能しなかったというのは人災にほかなるまい。人は取り返しのつかない事態が眼前に生じて初めて、はるかむかしにまかれた種のなかにあやまちのもとが含まれていたのではないかと思い至る。しかし天災であれ人災であれ、起こってしまった事態には全力で対応にあたるよりほかはない。

僕らの現場から、瓦礫を片づけるボランティアに出かけてゆく者もいれば、海沿いの低地から高台へと生活の場を移転する土地の造成工事の現場に職を転じる者も出た。福島の原発内での設備の冷却作業や、放射性物質に降られた土地の表土をはぎ取る除染作業の仕事に移る者もいた。東北へ向かった者のなかには、地元だからほうっておけないという者もいたし、地元ではないがほうっておけないという者もいた。

いささか人手不足となった僕らの現場に、以前のように技能実習生たちがいてくれたらありがたかったけれど、しばらくまえに劉たちが任期を終えて帰国して以来、補充はなかった。穴の工事が急速に深まりを増したのに伴い、核心的な技術を保護する必要性が高まったためのようだった。劉からは一度、近況報告の絵はがきをもらったことがある。故郷の近くの重慶《じゅうけい》に住み、穴掘り業務の経験がどのくらい活《い》かせているのかはわからないものの、マンションの建設現場で杭《くい》打ち工事にたずさわっているとのことだった。現場から、かつて日本軍に投下された不発弾が掘り出されたことも知らせてくれた。

震災から一年あまりが経ったころ、宮城の県北の海岸でのボランティアに僕は参加した。瓦礫が片づけられてまもない土地に積もっていた土砂を、シャベルで丁寧にめくり返していった。僕らの任務は捜索だった。津波で運ばれてきた砂のなかには、行方不明となっていた人々の証《あか》しとなるものが眠っているかもしれなかった。僕が掘り起こしたものは、濃いピンク色のランドセルと、紺色の小さな長靴の片方だった。持ち主がどこにいるのか、助かっていたのかどうかはわからなかった。福島の海岸では、人の立ち入りがままならず、地面を覆った瓦礫がまだ手つかずのまま残されているところもあった。

僕には確固とした地元と呼べる土地はどこにもなかったけれど、生まれたところは福島だった。両親とも県内の中通《なかどお》り地方の出身で、母の実家近くの病院で僕は生まれた。当時の記憶はもちろんまったくないけれど、生後二ヶ月間ほどは母子ともに実家に滞在していたらしい。郡山《こおりやま》市に生まれ育った母は、近郊の町から市内の高校に通いだした父のことを、商店街で見かけて一目惚《ひとめぼ》れしたのだという。その出会いこそ、僕の生まれる遠いきっかけだった。父も母も、若いうちに郷里を離れて上京し、結婚後は父の転勤に合わせてほうぼうへ住居を移していたとはいえ、どこにいても、親きょうだいから電話があれば言葉のチャンネルを即座に切り替え、んだばい、などと繰り出される方言によどみはなかった。望むと望まざるとにかかわらず、地元意識は父母の身にしみついたものだったろう。

「福島の原発も、福島っていう名前をつけなきゃよかったのになあ。どこだかわかんない名前にしておけば……」

父がぼやくようにそう言った。癌で入院していた父の見舞いに、僕が仙台の病院を訪ねたときのことだった。もう長くはないから生きているうちに、との知らせを母から受けていたのだけれど、病室を出て面会用のロビーで雑談できるくらいの余力はあった。そのとき、ロビーのテレビでニュースをやっていて、志賀《しか》原発の立地地盤の安全性をめぐる議論が取り上げられていた。確かに、地元近辺の人ならいざ知らず、「石川県の志賀原発」とでも言ってくれなければ、どこにあるのか判然としない。土地のみならず、地名までもがあの事故の影響に染められてしまっていることを、父は嘆くともなく嘆いたようだった。福島第一原発は、東京電力の管轄下で、首都圏に電力を供給するための施設だった。ならば、東京第一原発と、いまからでも改名してはどうだろう。そうすれば福島のこうむっている風評被害もいくらかやわらぎ、受益者負担を実現することができるのではないか。そんな思いが頭のなかをよぎったけれど、口に出して両親と語り合ってみる気分にはならなかった。

病院を出ると、夜道をタクシーで、母とともに家へ向かった。丘陵地に切り拓《ひら》かれたニュータウンの道を進んでゆくと、アスファルトの路面に走ったひび割れが、ヘッドライトに照らされてしばしば浮かび上がった。一年以上まえの大地震に際して刻まれたものもあったかもしれないけれど、もはやニューとは言えなくなっているこの街の年相応の衰えをあらわしているようでもあった。家に着くと、居間でほうじ茶を一杯飲んだ。

「どっちがさきかと思ってたけど、あの人を残しては、心配で逝くに逝けないわ」

あとさきの決着がもうついたかのように、母はさばさばした調子でそう言うと、寝室へ引き揚げていった。僕は客間に布団を敷いて夜を明かした。いったんは山梨に戻って、二週間後に母から連絡を受けてふたたび病院に着いたときにはもう、父は息を引き取っていた。母はそれから数ヶ月の一人暮らしののち、風邪を肺炎へとこじらせたのがもとで、父に続いた。

あるとき、いつでもフィンランドに出張できるよう準備しておくように、という指令が上司を通じて僕のところへ舞い込んできた。かの地では、放射性廃棄物を大深度地下に十万年のあいだ貯蔵しておく施設を建設している。そこへ視察に行くという話だった。僕らの穴が、交通目的以外に転用される可能性が検討されていた。山梨の人たちには悪いけれども、そんなことができるのならばそれもよかろう、と僕はひそかに思ったものだ。汚染土を黒いフレコンバッグに詰め込んで、問題はどうやって福島県から山梨県まで運んでくるかだ。地下に巨大なすべり台のような斜めの穴を掘って転がしてくるという案も出ていると聞いた。だが、本来の用途でのルート開通もそう遠い時期のことではないとの目算から、転用の可能性は見送られ、視察の話も準備だけで終わってしまった。

リオデジャネイロ五輪の開催に向けて、ラストスパートをかけることが模索されもした。親会社の支援を仰ぎ、全速力で工事を進めれば達成の可能性あり、との判断がなされた。だが、それはこちら側の穴だけの話であり、あちら側の穴に関しては、厳しい見通しが伝わってきた。原因は、ほかならぬリオデジャネイロ五輪だった。五輪用施設の工事が優先され、ジャングルのなかの穴にまで人手や資材がまわってこないというのだ。肝心の競技場や選手村さえ、開催に間に合うかどうか、ぎりぎりの進捗《しんちょく》状況のようだった。いつでも穴をくぐってブラジルに行けるよう、心の準備だけはしておいてほしい、と僕は上司に言われていたが、いつのことになるのか、見当はつかなかった。

五輪の工事にめどが立つと、向こうの穴が急ピッチで掘り進められはじめた。その速度は日本側の技術力では考えられないほど圧倒的なものだった。ブラジルの政界では、国家予算の赤字隠しの粉飾会計疑惑が持ち上がっており、そこから芋づる式に、穴の機密予算のことが掘り出されないともかぎらぬ状況に陥っていた。あちらの現場では、ストップがかかるまえに完成させてしまおう、との意識も働いているようだった。日本側では、リオ五輪に向かう観客の輸送までは無理でも、せめて閉会式に出席する政府要人を送り出すのに活用できないか、との検討がなされたものの、開催まで半年を切った段階で、期限までの到達は困難と結論づけざるをえなかった。だが、次の東京五輪での活用を視野に入れれば、なお四年以上の猶予期間が残されているともいえた。

春が来て、長らく荷物置き場となっていた僕のとなりの机に、新入社員が配属されることになった。そう知らされて、業務用に買い置きしてある文房具やら、未使用のコピー用紙の束やら、むかし使っていたフロッピーディスクやらで雑然としていた机のうえを、僕はいそいそと片づけると、丁寧に水拭《みずぶ》きをした。僕の入社以来、というのはつまり会社の創立以来、二人目の広報係が現れるのだ。

社内ではほぼ存在を忘れられていたと言っていい広報係が、なぜ二人に？　不思議なことではあったけれど、いよいよ穴の開通が迫り、広報係の必要性が見直されたということなのか。五十代もなかばを過ぎた僕の後継者を育成しておくことになったのかもしれない。歳を重ねるうちに、休日のジョギングも怠りがちになり、たまに走ると二日ほど間を置いてから足の筋肉に鈍い痛みがにじむようになっていた。

やってきた新人、大森慎司《おおもりしんじ》は童顔で、青年というよりどこか少年めいた雰囲気を残していた。新卒で入社してきた大森と僕とは、親子ほどの歳のひらきがあった。独り身のままこれまで過ごしてきた僕に、自分の子供はいなかったけれど。

「ＯＪＴだ」と総務部長の藤原《ふじわら》が僕に告げた。藤原はこの数年来の僕の上司で、佐藤、松田に続く三代目ということになる。ＯＪＴという言葉に聞き覚えはあったけれど、自分がかかわりをもつことになるとは思っていなかった。オン・ザ・ジョブ・トレーニング。新人研修などの教育に手間暇とお金をかけることなく、要は、働きながら仕事を覚えろ、ということだ。僕に求められているのは、一緒に働きながら新人に仕事を覚えてもらう、トレーナーの役まわりらしかった。

大森にはまず、過去の記事を読んでもらった。だいたいは上司に提出済みのもののコピーだけれど、下書きのまま、しまい込んでいたものもある。まえの上司の松田が退任するときに、彼の机の引き出しに眠っていた大量の書類が廃棄されるのを僕は目撃していた。その書類とはつまり僕の提出した記事だったので、心のなかで悲鳴をあげたものだ。いまとなっては、僕の手元にあるコピーしか残っていないというものがずいぶんあるはずだった。

ただ読むだけでは退屈するだろうから、膨大な記事のなかから関連のありそうなものをいくつか取り出して一つにまとめ直すことも大森に頼んだ。

「鈴木さんって、桃の缶詰が好きだったんですか」と記事のファイルをめくりながら大森が言った。「これって、下書きですよね」

僕はファイルをのぞき込むと、

「いや、提出したやつかな」

「そうなんですか」と大森は驚いたように僕に目を向け、「私生活のことも書いてるんですね」

「まあ、話の流れで、たまにね」と僕は苦笑を浮かべた。「最初の上司だった佐藤部長って人は、なんでも遠慮せずに書け、どうせ読むのは僕だけだから、と言っていたんだ。次の松田部長になると、何を書いても読んでくれてるんだかどうだかよくわからなくてね。いまの部長は、松田路線をほぼ継承しているかな」と最後のほうは声をひそめた。

それから取材の練習として、杉本研究員のところへ連れて行ったり、工事現場付近をともに歩きまわったりして、聞き取った話や気づいたことを書き起こしてもらうこともした。

仕事後につかることのできる露天の温泉についても、むろん教えた。僕にとっては、湧き出した当初から知っているなじみ深い施設だった。五時を過ぎると、工事現場からやってくる者たちでつかのまにぎわうものの、暗くなってから行くと、たいていはすいていた。露天とはいえ、人目につきやすい方角は竹製の塀で覆ってあった。プレハブの脱衣所も石造りの浴槽まわりも古びてきており、入社後に一度行ってそれっきりという者も少なからずいるようだったけれど、大森はわりと気に入ったようで、しばしば通うようになっていた。有志による掃除当番にも加わってくれた。

学生時代からの彼女に会うため、週末にはよく東京まで行っているのだと、温泉につかりながらの雑談で、大森から聞いた。

「ディズニーランドなんかにも行ったりするの？」と僕は尋ねてみた。

「そんなに行ってません。学生のころに、ランドとシーに一回ずつ行っただけです」

「そうか。僕も一度だけ行ったよ。仕事でね」

「仕事でディズニーランドですか」

「うん。過去の記事にも書いてあるけど、まだそこまでは読んでないかな。海外から来たお客さんを案内する仕事でね。何をしたかっていうと、一緒に遊んではしゃいでただけなんだけど。今度そんな仕事がまわってきたら、大森君が担当することになるんじゃないかな」

「ほんとですか？」と大森は無邪気な笑顔を見せて、「うわあ。僕、ほんと、この会社に入ってよかったです。いつ、まわってきますかね。べつに富士急ハイランドとかでもいいっすよ」

「まあ、待って。そのうちね」と僕は苦笑するよりほかはなかった。

あるとき、大森が週明けから二日続けて会社を休んだ。藤原からは、忌引き休暇だと聞かされた。祖母が亡くなったのだという。

水曜日に僕が出社すると、さきにとなりの席に着いていた大森が、

「すみませんでした。急に二日も休んでしまいまして」と恐縮したように言った。

「急に休んでいいんだよ。たいへんだったね」

それから、連れ立って現場付近の見まわりに出かけることにした。建物を出ると、周囲の山々の緑に目を向けながら、大森とともに土の道を歩いていった。梅雨のさなかで、朝方まで降っていた雨はやんでいたものの、上空は灰色の雲の濃淡で覆われ、空気はひんやりした湿り気を帯びている。

「失礼なことをうかがいますが……」と遠慮がちに大森が言った。

「なんだい？」

「鈴木さんのご両親は、ご健在ですか」

「いやあ、もう二人とも、世を去ってしまったよ。八十前後で、相次いでね。大森君のおばあさんって、僕の両親と同じぐらいの世代じゃないのかな」

「祖母は八十三まで生きました」

「それじゃあ、だいたい同じだ。大森君のご両親は、僕と同年代かな」

「ええ。ただ、父は亡くなってしまいましたけど」

「ん、そうか……」とつぶやいて、僕はとっさに続く言葉を見いだせなかった。

「祖母はまあ、寿命といいますか、そこそこは生きたと思うんですが、かわいそうだったのは、息子をさきに亡くしてしまったことです。息子というのは、僕の父のことですけど。それ以来、祖母の記憶が急激にぼやけてしまったみたいで、息子が家出したとか、学校から帰ってこないとか、そんなことを言ってまわりを困らせるようになってしまいました」

「おばあさんも、つらかったろうね」

「僕、死後の世界なんてまったく信じてませんけど、ばあちゃんがやっと息子のところに行けたんだって、親族が口々に言うのを聞いていたら、たとえ作り事だとしても、死後の世界はあるんだってことにしておかないと、どうしようもないのかもしれないなって、思いましたよ」

「そうか。そうだなあ」と僕はうなずいた。

「すみません、勤務時間中にこんなこと。話すとしても温泉に入ったときに、って思ってたんですけど」

「気にするなよ。仕事中だからって、黙って歩けばいいってもんじゃない。ゆっくり歩こう。いいまわり道があるんだ」

そう言って僕は付近の獣道を指さし、進路を変えた。そして話を続けた。

「大森君が、お父さんを亡くしていたとは知らなかったよ。それも、つらかったね」

「僕はまあ、大丈夫ですよ。幼いころだったらともかく、大学三年生のころでしたから。父は単身赴任の期間も長かったですし、そんなに交流があったわけでは……なんて言ったら、薄情者みたいですね。父は若いころに芝居にのめり込んでまして、役者を目指していたこともあったようなんですけど、その道はあきらめて会社員になりました。僕が幼稚園児だったころ、卒園前のお遊戯会で、保護者の見守るなか、一人ひとり将来の夢を宣言する場面があって、『僕は大きくなったら宇宙飛行士になりたいです』って言ったらしいんです。そのことを父はずっと覚えてましてね、小学五年ぐらいのとき、僕にこんなふうに言ったものです。『宇宙飛行士になるのはたいへんだけど、役者になったら、芝居のなかで宇宙飛行士にだって何にだってなれるんだぞ』って」

「ほう、それは一理あるね」

「ええ。父は僕に、かなわなかった自分の夢を託したかったのかもしれません。でも、何にだってなれる？　役者になれなかったら、何にだってなれないじゃないか。そう思って、父に反発を感じるところもありました。中学生のころ、『お父さんは何の仕事をしてるの？』って人に訊《き》かれると、『ただのサラリーマン』って答えていたものでした。『ただの』っていう投げやりな言いぐさに、ちょっとした軽蔑《けいべつ》を込めていたのかもしれません。何しろ父が会社で何をやっているのか、よく知りませんでしたし、仕事に出かけているっていうことは、僕にとっては単に父が家にいないってことで、そのあいだ、母がいら立っていたり、父に対してぶつくさ文句を言っていたりするってことでもありました。そんな得体の知れない、ただのサラリーマンにはなりたくない。そう思って、僕も芝居にのめり込んでしまいました。ある意味では、父の思うツボだったかもしれません。高校から演劇部に入って、大学でも授業は二の次で、演劇サークルの活動に没頭していました」

「それでも四年で卒業して、うちに入社してくれたってわけだ。僕の学生時代には、演劇をやってる同級生というと、留年を繰り返したり中退したり、ってのがけっこういたけど」

「僕も順調にいけば、留年を繰り返したり中退したりしてたかもしれないんです」

と大森は言った。「いや、積極的に中退するつもりはなかったんですが、留年はたぶんするだろうと。そんなとき、父に心臓の病気が見つかりまして、入院から亡くなるまで、あっというまでした。経済的にも、のんきに留年なんてしている余裕はなくなりましたし、演劇に対する熱も、どういうわけか引いていってしまったんです。母から、父が僕の活動に興味を示していると聞かされていて、ほっといても自分でチケットを手に入れて客席に潜り込むかもしれないっていうんで、だったらいっそ招待しようかという気にもなっていました。ささやかな舞台ではあっても、一度は主役を演じてみたい、チケットを渡すとしたらそのときかと思ってましたけど、けっきょく、かなわずじまいでした。それから心を入れ替えて勉学に励む、ということでもなかったんですけど、とにかく単位を取りまくりまして、この会社に拾ってもらったというわけです」

「そうだったのか……。ようこそ、我が社へ」と僕は言い、大森の肩を軽く叩《たた》いた。

「ただのサラリーマンだって、捨てたもんじゃないと思うよ」

「はい」と大森は童顔にはにかんだ笑みを浮かべた。

工事現場の付近に着くと、自販機でジュースを二つ買って、一つを大森に渡した。かつて僕のお気に入りだった薬くさい炭酸飲料は、もう売っていなかった。

梅雨が明けると、日差しがめっきり強くなってきた。ある日の昼下がり、僕が大森の席の後ろを通りかかったとき、ノートパソコンの画面にネット通販のサイトらしきものが映っているのが視野に入った。水泳パンツ？　そろそろ、海水浴のシーズンか。勤務時間中にしてはいささか大胆な買い物だとは思ったけれど、見なかったことにしておいた。

　その夜、僕が温泉につかっていると、あとから来た大森がとなりに座って、話しかけてきた。

「鈴木さん、水着ってもう買いました？」

「僕が？」と驚いて大森の顔を見つめた。

「あれっ？」

　大森も僕の反応に驚いたように目を見ひらいた。

「大森君がネットで水泳パンツの検索してたのがちらっと見えたんだけど、休みの日に彼女と海に出かける準備かと思った」

「ひどいなあ。よく見てくださいよ。競泳用の水着ですから」

「そうかなあ。僕の目に入ったのはレジャー用っぽいやつだったけど」

「それも見ましたけど、買ったのは競泳用なんです。鈴木さんは確か、水泳をやってたんでしたっけ」

「うん。高校生のころまでね。いつか、記事に書いたことがあったな」

「ええ、読みました。そのころの水着、いまも持ってるんですか」

「どうだろう。捨てたいような記憶ではあるんだけど、水着までは捨てなかったような……。ブリーフ型の競泳パンツ。どこかにしまってあるかな」

「じゃ、それを探して、見つかったらいいですね」

「見つけてどうする」

「どうするって、鈴木さん、藤原部長から言われてないんですか。準備しておけって」

「準備って、水泳の？」

「違いますよ。穴が開通したときの準備です。おかしいなあ。確か、藤原部長、鈴木さんにも声をかけてるって言ってたと思うんだけど」

「ああ、心の準備をしておけって、だいぶまえに言われたことはある。でも、水着なんて聞かされなかったぞ。なんのために？」

「通行人を務めるためです」

大森がきっぱりとそう言った。僕は思わず、

「うん」

と相槌《あいづち》を打ったけれど、言わんとすることを飲み込めてはいなかった。大森が続けた。

「話を聞いて、僕も戸惑いましたよ。大事な役目だって前置きがあったのに、通行

人ですよ？　通行人A。通行人B。芝居だったら、要はその他大勢ってことで、どう考えたって端役《はやく》です」

「その通行人っていうのは、穴の通行人ってことかな」

「そういうことです。穴の開通後に初めて通行する役目だそうです」

「だったら、端役なんてもんじゃない。この事業の主役級だよ」

「やっぱり、そうでしょうか。僕も藤原部長の説明を聞いてるうちに、そんな気もしてきたんです。これは主役級の端役、主演としての通行人なのかもしれないって」

「これが二十人目の通行人だったら単なる端役かもしれないけど、最初に道を切り拓《ひら》く通行人Aは、主役級で間違いない」

「うわあ」と大森は瞳《ひとみ》を潤ませながら、「ついに……」

胸のまえで片手を固く握りしめ、決然と大森は立ち上がった。僕の頭のかたわらで、立派なものを無遠慮にぶらぶらさせたまま、

「やってやろうじゃありませんか。やりますよ、僕」

そう言って、ふと僕のほうに視線を落とすと、ふたたび湯のなかにしゃがみ込み、

「すみません、はしゃぎすぎました。これも仕事ですもんね。落ち着いて、務めを果たさなくちゃ。それに、まだ僕が通行人Aって決まったわけじゃない。藤原部長

は、少なくとも二人に声をかけてるわけだ。鈴木さんには、心の準備を。そして僕には、水着の準備を。僕は通行人Bかもしれないんだ」と大森は自分自身に言い聞かせている様子だった。

僕は大森の熱を少し冷ますつもりで言った。

「大森君、元気でけっこうだけど、これは相当な覚悟のいる任務になると思うよ。くれぐれも、慎重に考えたほうがいい」

「ええ、わかってます」

大森は気を落ち着かせようとするかのように、ゆっくりと深呼吸をした。僕も大森の高揚ぶりに動揺したらしく、水着を何に使うのか、聞きそびれてしまった。

週末を挟んで月曜日に出社すると、僕は藤原に時間をとってもらい、会議室で大きなテーブルを挟んで向かい合った。

「お尋ねしたいことがあるんです」

僕は話を切り出した。続きを促すように、藤原が小さくうなずいた。

「大森君に、水着の準備をしておくようにって、指示したそうですね」

「ああ、そうだが……」と藤原は眉《まゆ》をひそめて、「大森君も案外口が軽いな。内密の話だと、念を押したはずなんだがね」

「おそらく、大森君は僕も同じ指示を受けていると思い込んでいたんでしょう。どうもそんな話しぶりでしたから」

「ま、そういうことなら」と藤原は表情をゆるめぬまま、うなずいた。

僕は藤原の様子をうかがうように見つめつつ、

「実際、僕にも同じ指示をなさるつもりはなかったんですか」

藤原はゆっくりと首を横に振ると、

「広報係は二人いるんだ。水着を身に着けるのは、そのうち一人でいい。そのための配属だよ」

「大森君は、水着を身に着けるために配属された、と」

藤原は無言でうなずいた。

「水着を着て、どうするんです?」

「決まってるじゃないか」

「決まってる?」

「飛び込むんだ」

「飛び込む……。穴に?」

「ほかに、どこがある」

「穴の通行のためには、ボブスレー型の乗り物を開発中のはずです」

「もちろんだ。君は、開発担当の企業まで取材に行ったことがあったね。ちゃんと記事は受け取っている」

ボブスレーとはハンドルとブレーキを備えた鋼鉄製のそりであり、それを使って曲がりくねった氷の坂道を高速で走り抜ける競技の名称でもある。冬季五輪でも採用されている種目だけれど、そんな表舞台とは無縁に、地中深くに潜り込む交通手段として、ボブスレーのメカニズムを直線向けに転用した乗り物の開発をひそかに進めている企業が国内にあった。

「その乗り物に、水着姿で乗り込むわけですか」とけげんな思いで僕は尋ねた。

「出発まで、間に合いそうにないんだよ」と不機嫌そうに藤原が応じた。「おそらく、穴のほうがずっとさきに開通する。その通路にふさわしい乗り物はない。人間だけで行くしかないんだ。人類は、地球を貫く穴を通行可能か。それを確かめる旅路になる。しかし、さすがに素っ裸で飛び込むってわけにはいかんだろう。水着は着用してもらう」

「水着でしたら、僕も持っています。高校時代に使っていたものを、きのう見つけ出しました」

「何を言ってるんだ？　もう一度言うが、広報係は二人いるんだ」

「僕に、行かせてください」

テーブルに前のめり気味になりながら、そう言った。藤原は口元をゆがめてしばらく黙っていたが、やがて僕を見すえて、

「君にだって、立派な役目がある」と応じた。「地上に残って、出発のときを見届けるんだ。記事を書いてもらいたい。いつものように」

「いつものように？　三十数年間、続けてきたようにってことですか。発表のあてのない記事を」

「今度は違う。大いにあてがある。彼が穴の通行に成功すれば、そのときは」

「仮定の話ですか。成功するかもしれないし、しないかもしれない、と」

「そんなことは、やってみなくちゃわからんだろう」と藤原の声が怒気をはらんだ。

「どうなるかを確認するために行ってもらうんだ」

「ですから、僕が行きますよ。僕がくぐり抜けて、自分で記事を書いてブラジルから送信します。成功すれば、の話ですが。とにかく、入社数ヶ月の若者に任せるような仕事とは思えません」

「ほう」と藤原は皮肉な笑みを浮かべて、「まさか、嫉妬《しっと》してるわけじゃないんだ

ろう？　俺を差し置いてなぜあいつが、と」

「違います」と僕はむっとして応じた。「彼の身の安全を思ってのことです。しかし、なんと思われてもかまいません」

「誰も経験したことのない未知の仕事だ。体力勝負になるかもしれん。入社三十数年のベテランにこそ向いているとは、わたしには思えんがね。まあいいだろう。まだ候補者に声をかけている段階だ。君のことも勘定に入れておこう」

「僕と大森君のほかにも、候補者はいるんですか」

「内密の話だから、はっきりとは言えんがね。誰かには通り抜けてもらわないといけないわけだから。しかし、現場で日頃から穴を見ている連中は、遠慮深くて誰も行きたがらないんだ。わたしとしても、話が違う、という思いだよ。赴任するときには、これから優に一世紀はかかる難事業だと聞かされてたんだ。せめてわたしの任期中は何事もなく過ぎてくれればと思っていたが、そうもいかない情勢になってきた。日本側もブラジル側も、ここへきてがんばりすぎてるんだ。君も、めぐり合わせが悪かったね」

「そうは思ってません」

「ま、いざというときには、君に相談させてもらうかもしれん。そのときまで、健康に気をつけて」

　その夜、温泉に行くと大森が先客として来ていた。曇りの空模様に紛れて、富士山の姿は見えなかった。湯船につかると、大森が話しかけてきた。

「この土日に、バンジージャンプをしに行ってきました」

「ん？　なんか聞いたことあるな。腰に縄をつけて、高いところから谷間に飛び込むみたいなやつだっけ」

「そんな感じのやつです。縄というか、ゴム製のロープですけど」

「海外でやるものだと思ってたけど、さすがにこの週末に行って帰ってくるのは無理だよね」

「国内でもあるんですよ。近場だと、富士山のふもとの静岡県側で。僕らもそこへ行ったんです」

「彼女と？」

「ええ。彼女のほうが、高いところとか平気なんですよ。僕なんかもう、怖くて怖くて」

「高いところ、苦手か」

「それもそうですけど、飛び降りるんですよ？　いま、しゃべってるだけで鳥肌が立ってきました」

「そんなに怖かったら、行かなきゃいいのに」と僕は苦笑を浮かべて言った。

「そういうわけにはいかないですよ」と反発したような口ぶりで大森が応じた。

「だって僕、いつか深い穴に飛び込むことになるかもしれないんですから」

僕はどきりとしながら、平静を装って言った。

「まあ、そうだね。通行人の予行演習ってわけか。彼女にも、そのこと話したの？」

「まさか。業務上の極秘事項ですよ。ふつうのデートのふりして行ったんです。鈴木さんにしか話してません。それに彼女、劇団でたびたび主役を演じてるんです。通行人の候補に選ばれた、なんて言ったら笑われますよ」

そう聞いて僕は小さく笑ってから、

「で、どうだった？　バンジージャンプってのは」

「出発地点に立ったときには、なんとかして飛び込まずに帰れないものかと思いましたよ。けっこうな料金を払ってたんですけど、倍払うから取りやめにしてくれって頼みたかったです。でも、僕から行こうって誘っておいて、彼女がさきに飛び立ってるのに、やめるなんて言い出す勇気もありませんでした。ロープで結ばれてるんですから大丈夫なはずなんですけど、万が一にも切れてしまったらどうなるか。

真下を流れる川の水面に全身を叩《たた》きつけられるのか、川底の岩に激突して頭をかち割られるのか。考えてたら、体が急に冷え込んで、震えてきました。この震えを止めるためにも行くしかない、もうどうなってもしかたがないとあきらめて、飛び込みました」

「頭から？」

「いえ、体ごと、って感じですかね。ものすごい向かい風が吹いて体を包んでる、って感触がありました。落ちるところまで落ちて、ゴムの弾力で体が浮き上がったとき、ああ、助かったんだ、と思って力が抜けました。イカみたいに全身がぐにゃりとなって、しばらく空中をふわんふわんと漂ってました。怖くても、やればできるんだ、って少しは自信がついた気がします。本番では、もっとマシな体勢で突っ込みたいと思います」

僕は大森の体験談を聞いてひるむものを覚えつつ、そんなに恐ろしいことなら何度も体験しなくて済むよう、練習なしのぶっつけ本番で行きたいものだと感じた。万が彼が、万が一にもロープの切れることを思って不安に駆られたのなら、僕は、万が一にもうまくゆく希望を胸にいだいて飛び立ちたかった。

ふと、ルイーザのことが思い浮かんだ。「いつかまっすぐにブラジルへ行けるときが楽しみです」と、彼女に宛てた手紙に書いたことがあった。実現のときが迫っているのだろうか。広報係は日本側の二人だけじゃない。地球の裏側にだって……。でも、長いこと消息を聞いていない。いまでも彼女は同じ職場にいるのだろうか。対面を果たすことは、できるのか。このことでも、僕はささやかな希望を絶やさずにいようと思った。

リオのオリンピック、そしてパラリンピックが閉幕していくらも経たないある秋の夕方、僕は会議室に呼び出された。待っていたのは、上司の藤原だった。歳は僕より一つだけ上だが、いつまでも若輩者めいた頼りなさの抜けない僕に比べて、眉《み》間《けん》に刻まれた縦じわなどによほど貫禄《かんろく》が表れていた。

「いよいよだ」と彼は言った。「鈴木君に、ブラジル行き直行路線の最初の通行人になってもらいたい」

「穴が、つながったんですか」

と問い返しながら、僕は鼓動がにわかに速まるのを感じていた。

「ブラジル側から、穴と穴とががっちり握手を交わした、と報告を受けている」

日本側では少しまえに所定区間を掘り終えて、ブラジル側が貫いてくれるのを待っている状態だった。ついに、そのときがきたのか。

「こないだ聞いたことの確認ですが、裸で行くんですね？」

「そうだ。地上の道だって、人類は裸足《はだし》で歩くところから始めたんだ。ただし、こないだ言ったように、素っ裸じゃないぞ。水着は着用してほしい」

　僕はうなずいてみせてから、

「さきほど最初の通行人とおっしゃいましたが、本当に、僕でいいんでしょうか」

と、おずおずと尋ねた。

　藤原は口元に皮肉な笑みを浮かべると、

「若いもんを押しのけてでも行かせてほしいと言ってきたのは君じゃないか。願いがかなったんだ。言ってみるもんだな」

「それはなんとも、恐縮です」

　押しのけたつもりではなかったけれど、大森はこの決定をどう受け止めるだろう。そう思うと、胸が痛まないでもなかった。気を取り直して、僕は訊《き》いた。

「出発は、いつですか」

「あしただ。あしたの昼」

「あっ……」と僕は驚きの声を小さく漏らした。

「いつでも行けるように心の準備を、と伝えてあったろう。もし辞退するなら、次の候補者に順番がまわることになる」

次というのは、大森のことか。すっかり温泉好きになった彼と湯船につかっているときに、出張旅行の古びた記憶をたどりつつ、おすすめの温泉地をいくつか教えたのはつい最近のことだった。だが、今度のブラジル出張は、そんなのどかなものではないのだ。

「僕が行きます」強い口調でそう言った。「せっかくの機会ですから」

押しのけてでも行かなくては、と決意を固めた。大森には、まだ訪れるべき温泉がたくさんある。

「ありがとう。よろしく頼むよ」と藤原は緊張していた表情をゆるめた。「君に断られて、大森君に断られて、ほかに誰も行かないなんていうまさかの事態に備えて、わたしも水泳パンツを買ってあったんだが」

それから出発の時刻や当日の段取りなどの説明が続いたけれど、突然眼前に迫った大きな職務のために頭がのぼせてきた僕は、なかばうわの空で聞いていた。何やら、穴に落ちると地球の中心付近までぐんぐん重力に引っ張られてゆき、その惰性で速度を落としながら反対側まで突き抜けたところで、網をかまえたブラジル側の人々が僕の体をすくい取る、という手はずを整えてあるらしい。

「そうだ、伝えておくことがあった」と思い出したように藤原が言った。「あす付けで、君は二階級特進だ。課長代理に昇進する辞令が下りることになっている」

実感の湧かぬまま、僕は尋ねた。

「課長代理ってのは、いったい誰の代理なんです?」

藤原はけげんそうに僕を注視すると、

「誰の代理も何も、そういう役職名だよ。会社勤めも長いだろうに、子供みたいなことを訊くんだな。強いていえば、文字どおり、課長なるものの代理、世界中のありとあらゆる課長の代理だ。わかったかい」

「それは、とんだ重責ですね」と戸惑いがちに僕は言った。

「あす付けと言ったが、厳密には出発後に辞令がくだると人事部から聞いている。管理職になるんだから、これからは何より自己管理が大切だ。いままで以上に責任をもって、職務に励んでもらいたい」

会議室を出ると、トイレに寄って小便器のまえに立った。引き受けてしまった、という思いとともにため息を一つ吐き出してから、用を足した。

自分の席に僕は戻った。大森が外出していたのは幸いだった。通行人に任ぜられたことを告げるのは気が引けたし、かといってそのことを伏せたままとなりに座っているのも落ち着かないように思えた。それに、人目を気にせず見返しておきたいものがあった。

机の中央の引き出しを、僕はそっとあけた。奥のほうに、やや色あせた一枚の写真があった。そこに写ったルイーザは、初めて見たときと変わらず穏やかな笑みを浮かべて、灰色の瞳《ひとみ》をこちらに向けていた。

今度は机のそでの引き出しをあけて、紺と赤と白の縁取り模様のついた国際郵便の封筒を取り出した。抜き出した便箋《びんせん》をひらくと、ブルーブラックのインクの文字を、目で追いはじめた。

カズとルイーザは、十七年かけてゆっくりとあいさつをしました。

そう書いてあるところでいったん視線の動きを止めた。あれからまた同じぐらいの歳月が経って、いよいよ僕は、ルイーザのところへ直接あいさつを交わしに行くのだ。

きょう中に片づけたかった仕事を終えてから、事務所を出た。すでに日は落ち、薄暗くなった空に星が見えはじめていた。事務所のほうを振り向くと、いくつか暗い窓もあったがまだ半分以上から白い明かりが漏れていた。二階と三階のあいだの横断幕に、「安全第一」の文字がうっすらと見えた。

帰るまえに、温泉に寄った。プレハブの脱衣所の入口ドアはアルミ製で、上半分のすりガラスになっているところを内側から覆うように、紺色ののれんがかけてある。ドアをあけ、二つに割れているのれんを頭のさきで押しのけて、室内に入る。服を脱いで、洗い場に出た。

出発前夜、か。そう思うと、いつもより入念に体を洗おうかという気分になってきた。まずは、頭から。

濡《ぬ》らした髪を両手の指でかき分け、泡立てながら丹念に頭皮を揉《も》んでいると、脱衣所から人が出てきて、となりに座った気配があった。髪をシャワーで流し終えたところで、

「鈴木さん、ですよね」と声をかけられた。

となりに顔を向けると、見覚えのない男だった。白髪交じりの短髪で、顔や腕がよく日に焼けていた。

「ごあいさつするのは初めてかと思います。石井と申しまして、新聞記者をやっております。藤原さんから許可を得て、ここに立ち寄らせてもらいました」

「ああ、石井さん」と僕はつぶやき、「最近、スポーツ欄でよくお名前を見かけて

いる気がしますが、その石井さんですかね」

「ありがとうございます。その石井です」

かつては新聞記事といえば無署名が通例だったが、いつごろからか署名記事が増えてきて、石井良介《りょうすけ》の名をしばしば目にするようになっていた。

「リオに行ってらしたんでしょう？」

「そうなんです。まだ時差ボケが抜けきりません」と石井は笑った。

体を洗い終えると、僕らは湯につかった。いい湯ですねえ、と彼がくつろいだ声を漏らした。

「石井さん、もしも新聞記者にならなかったら、うちの会社で僕の仕事をしていたかもしれないんですよね」と僕は尋ねた。

彼が入社を辞退していなければ、広報係に任じられていたのは彼だったはずなのだ。

「ええ」と彼は答えて、「ですからきょうは、もう一人の自分を取材しに来ているような、妙な心地がしています」

「まさかきょう、石井さんにお会いするとは」と僕はつぶやき、感慨深いものを覚えていた。

「じつは、以前にも鈴木さんと一緒に温泉に入ったことがあるんですよ」と彼が言った。「ポーランド人のコヴァルスキさんと温泉旅行をなさっていたときに、何か有益な情報が聞けるかと思って、ひそかに同じ湯につかったことがあったんです」

「そうでしたか」と僕は内心たじろぎながら、「そのとき何か、聞けましたか」

「いい湯ですねえ、とコヴァルスキさんも言ってましたよ。いま思い出せるのは、そのくらいです。当時、僕は社会部にいて、それからスポーツ部に異動になって、直接の取材対象ではなくなっていたんですが、ずっと気になってはいました。省庁再編で国交省ができたとき、事件化しそうな気配がありましたね」

「そういえば、そんなことが」

「あのころ僕が社会部か政治部にいたら、省内の動きに乗じて、隠されていた無駄な公共事業として特ダネに仕立て上げたかもしれません」

「そうならなくて、何よりでした」と僕は笑みを浮かべた。

「じつのところ、僕も同感なんです」と彼が言った。「何しろ胸のうちでは、この事業がうまくいくことに一縷《いちる》の望みをいだいていたんですから」

「それはありがたい。さすがはもう一人の僕ですね」

「恐れ入ります。それに、こういう判断もあったんです。この案件は、収穫にはまだ早い。しばらく寝かせておいたなら、徐々に深く根を下ろし、いずれは決定的な深みにまで育っていくはずだ、と」

「そしてきょう、ここへいらっしゃったというのは……」

「ええ。そろそろ出発するようだと、聞きつけたものですから」

「そろそろ……」と僕はなかばとぼけるように、彼の言葉を復唱した。

「出発はあした、でしょう？　鈴木さん」

「ご存じでしたか」と僕は苦笑して、「もしかしたら僕よりも早く、出発日を知ってらっしゃったのかもしれませんね」

「ご容赦ください。これも仕事なんです」

「もちろん、かまいませんよ。僕は前日に知らされたおかげで、存分に悩むだけの猶予もなく、出発を引き受けることになりました」

　彼はうなずくと、ふと遠景に目を向けた。僕もそちらに視線をやった。今宵《こよい》の富士山は、薄闇のなかにひときわ黒々とした影絵となって現れていた。

「怖くは、ありませんか」と彼が尋ねた。

「怖い？　何がです？」

　彼に視線を向けると、彼もこちらを見つめ返して、

「穴のなかへの出発です」

「なぜです？　なぜ恐れなくちゃならないんでしょう」と僕は不審げに言ってから、言葉を継いだ。「僕はこれまでずっと、見たこともない穴のまわりをうろうろとさまよいつづけて、発表のあてのない広報記事を書いてきました。無駄かもしれない事業のなかでもこれこそ無駄の最たる営みではなかろうか、という思いに駆られなかった日はありません。その僕があす、突如としてまんなかに躍り出ることになりました。そんな日が一日ぐらいあったって、いいじゃありませんか。鈴木一夫はひたすら無益な仕事を続けて、日の当たらないところで一生を終えなければならない存在だと、誰がそんなことを決めたんです？　僕はいま、あしたに向けて奮い立っているんです。太陽の光をたっぷり浴びて、出発の場に立ちたいと思ってますよ」

「なるほど」と彼はうなずいて、「逃げるつもりはない、と」

「ええ」と僕はひとたび返事してから、「いや、ちょっと違う。僕らの穴は、人類がこの地球に築いたなかで、もっとも遠くまで通じた逃げ道でもありうるんです。だとしたら、僕は逃げることから逃げないつもりです」

「そうですか」と彼は静かに言った。「あした、その場に居合わせることができないのが残念です。許可が下りなかったんですよ。内輪だけのお披露目だそうで。いずれ記者会見の機会があればお呼びしますから、と藤原さんに言われましてね。用心されるのも無理はない。あす、僕はプロ野球の取材に行くとしますよ」

許可すればよかったのに、と僕は思う。うまくゆく自信があるのなら、当日の模様を堂々と取材してもらえばいい。この期に及んで、なぜ隠す。僕は、隠されようとしている自分のあしたを、怖がるべきなのだろうか。

脱衣所で体の水気を拭《ふ》くと、備えつけの体重計に乗ってみた。針は普段から見慣れたあたりの値を指している。身長とのバランスでいえば、若干痩《や》せているほうだ。あすの出発に際して特段の体重制限があるわけでもなかったけれど、急激に増えたり減ったりしているよりは、いつもどおりでよかったという気がした。僕は手早く服を着た。

ひと足さきに半袖《はんそで》ワイシャツとスラックスを身に着けて、洗面台のまえに立っていた石井が、片手に持ったスマートフォンを見つめつつ、

「おお、来てるよ」とつぶやいた。

何が来たのかと思ったら、彼が僕のほうを見て、

「ルイーザ・ナカムラさんから、メールが来てます」

ルイーザのことまで？　僕はこの男の取材力に恐れをいだいて言葉の出ぬまま、

あいまいにうなずいた。

「リオの取材のついでに、裏側の現場にまで足を延ばしたんです。それで知り合いましてね。鈴木さん、いや、カズさんのことをご存じでしたよ。さっきメールを打ったら、温泉に入ってるあいだにもう返事が来てました。どうぞ、ご覧ください」

彼の手からスマートフォンを受け取ると、僕は白く光る画面に目を向けた。

〈石井さん、メールをありがとう。富士山はきれいですか。カズさんに会ったら、ルイーザが会えるのを楽しみにしている、と伝えてください。お互い歳を取ってしまいましたけど。ブラジルのわたしたち、大きな虫捕り網を作って待っています〉

「ルイーザ」と僕は浮き立った声をあげ、思わず石井に抱きついた。「ありがとう、ルイーザ。虫捕り網で、僕を……」

ドアのあく音がした。我に返って石井から腕をほどきつつ、入口のほうに視線をやった。わあっ、という声を飲み込んだような大森の表情が、紺色ののれんのあいまからのぞいていた。

「いや、失礼しました」と僕はまず石井のほうを向き、スマートフォンを返しながら詫《わ》びた。

「どういたしまして」と彼は寛容に微笑み、僕の肩を軽く叩《たた》いた。

「大森君、こちらは新聞記者の石井さん。ブラジルでの取材から帰ってきたところで、びっくりするような知らせを伝えてくれたもんだから、それでちょっとね」と僕は照れ隠しに苦笑した。

「僕こそびっくりしました」と大森も苦笑を浮かべて、それから恐る恐るあたりを見まわし、「入っても、いいんでしょうか」

「どうぞ、どうぞ。きょうもいい湯だったよ。ね、石井さん」

「まったくです。うちの会社にもこんな施設がほしいですねえ」

「石井さん、あらためまして、こっちは大森君といって僕と同じ広報係です。期待の若手でね」

「やあ、これはどうも」

石井が大森と名刺交換をして、その流れで僕も石井と名刺を交わした。

脱衣所を出ようとしたとき、すれ違いざまに大森が、声をひそめて僕に言った。

「さっき藤原部長から聞きました。あした、がんばってくださいね」

僕は応答に詰まって、無言のままうなずいた。

「観客席で見守ってますよ」とやさしい口調で言い添えてから、大森は不意に表情を引き締め、強いまなざしを僕に向けて言葉を継いだ。「見守るだけじゃなく、しっかりと記事を書きますから。鈴木さんが見つめるものを、僕も見つめます。僕はきっと、なかば鈴木一夫になるんです」

大森の言葉を受け止めるように、僕はもう一度、ゆっくりとうなずいた。大森の顔に穏やかな笑みが浮かんだ。

今晩のうちに帰京するという石井とともに、僕は駐車場まで歩いていった。あした現場にいてくれたら心強いのに、と思ったけれど、口には出さなかった。コオロギや鈴虫の甲高い鳴き声が聞こえていた。

車のドアをあけようとした手を止めて、僕のほうを振り向くと、石井は言った。

「鈴木さん、さきほど逃げ道とおっしゃいましたが、ずいぶん危険な逃げ道だとは思いませんか」

「もちろん、そう思ってます」

「僕は、ほかの逃げ道へ案内することができます」

そう言って彼はじっと僕を見すえた。僕が黙っていると、彼が続けた。

「書きためた広報記事を持ってきて、この車に乗り込むだけです」

「そのあと、どうするんです？」と僕は尋ねた。

「発表するんですよ。果たしてこれが無駄な公共事業なのか、夢の新航路の開拓なのか、結果はまだ定かじゃありません。ですが、どちらの可能性もあるからこそ、いっそう報じる価値があるってもんです。一緒に、行きましょう」

とっさに返す言葉が見つからぬまま、僕は呆然《ぼうぜん》と立ち尽くしていた。彼は粘り強く返事を待つ様子だった。

「奇妙なものです」と僕はようやく口をひらいた。「何十年ものあいだ、僕は記事をおおやけにする機会を待ちわびていたはずなんです。なのになぜ、チャンスがめぐってきたいまになって、断ろうとしているのか。現場の人たちは地球を掘りつづけて、穴を築き上げました。僕は言葉を使って、穴の歴史をささやかながらつむいできました。僕にだって穴をつくってきた責任がある。責任を、まっとうしたいんです」

「歴史をたずさえて、ここから逃げ出すことも、責任のとりかたではありませんか」

「だけど僕は歴史家じゃない。広報係、そして今度は通行人という新たな職務が付与されました。これをチャンスと受け止めて、賭《か》けることにしたんです。長年追いつづけてきたものの正体を、僕はこの体でつかみ取りたい。そう決めたんです」

彼は僕の言葉を聞き終えてから、しばらくまなざしを地面に落としていたけれど、やがて顔を上げて言った。

「わかりました。お気持ちを尊重したいと思います。僕は記者ですから、過去のことは調べてある程度の見当がつきますが、未来がどうなるのかは、言い当てることができません。容易に楽観はできませんが、やみくもに悲観したってしかたがない。何よりスポーツ記者として、試合を控えた選手を呼び止めて、勝ち目がないからやめておいてはどうですか、などとはけっして言えたものじゃありません。僕は、応援したい。あなたは僕だったかもしれないのだから。最後に記者として聞かせてください。あすに向けての意気込みを、あらためて一言」

「いい結果を残せるよう、精いっぱいやるだけです」

なかばスポーツ選手になった気分で、そんな言葉を述べていた。彼が差し出した手を、僕は固く握り返した。夜の闇をヘッドライトで照らし、砂利を踏んで去ってゆく彼の車の後ろ姿を、しばらくのあいだ見送っていた。

事務所に引き返すと、席に着いてノートパソコンを起動した。いつもなら、温泉につかったあとで仕事に戻ることはないのだけれど、どうしてもいますぐ記事を書いておきたかった。新聞記者の石井良介が、穴の歴史を求めて山のなかへやってきた。この出来事もまた、穴の歴史の一部と化してゆくのだ。

残業を終えて、僕はふたたび事務所を出た。窓から漏れていた明かりは、もうほとんど消えていた。

夜、ベッドに横たわった僕は、いっときの高揚から覚めて不安にざわめきはじめた心を持て余し、容易に寝つくことができずにいた。地球を貫く深い穴なんて、本当は開通などしていないのではないか。懸命に掘りつづけているように見せかけながら、実際の穴はずっと地表に近いところにとどまっていた。もしもそうだとするならば、僕自身がだまされながら、だますことに加担していたということになりはしないか。いや、本当に穴は貫かれているのだ、と自分に言い聞かせたくもなる。だとしても、水着一丁で通り抜けるなどというのは途方もない試みだ。無謀なる事業に終止符を打つために、僕は犠牲にされようとしているのではあるまいか。あるいはこれは、受けるべき罰か。僕のたどり着く場所は、墓穴の底なのかもしれない。穴に飛び込んでの直線移動の試みが、たとえみじめな失敗に終わるとしても、そのことを自覚するまえに僕の意識は何も感じ取れなくなり、ほどなく消滅していることだろう。不安にさいなまれるなどというのは、生きているうちのつかのまのぜいたくにすぎぬのだろうか。このぜいたくを、僕は捨て去ってしまいたくもあり、捨てるに惜しいようでもあると感じていた。

何度か寝返りを打つうち、いつしか僕は眠りに就いていた。そして実際に飛び込むよりまえに夢のなかで一度、穴に落ちることになった。

初めて見る穴だった。生き物の器官みたいに広がったりすぼまったりして、大きさが一定しない。これなのか。行かなくちゃ。穴がいい具合にふくらんだところで、両手を伸ばして頭から突っ込んだ。

ただものすごい速さで落ちてゆくのを感じるばかりで、熱いとも、寒いとも、痛いとも感じていない。目を開けているのか閉じているのか、いずれにしてもあたりは漆黒の闇。リニアモーターカーの速度をはるかに超えて、僕は進んでいるようだった。

そろそろ地球の中心付近を過ぎたのではないか。速度はいつまでもゆるむ気配がなかった。むろん、僕の体にブレーキなど備わっていない。どうしたことだ。これは重力の怠慢ではなかろうか。地球は、僕を止める気がないというのか。腰にゴム製のロープをつけてくればよかった！

闇の向こうに星空が見えた。一瞬、僕の体が網のようなものにぶつかり、突き破ったようだった。穴のそばにいた人々の姿が照明のもとにほの見えて、みるみる下方に小さくなってゆく。あのなかに、ルイーザはいたのだろうか。上空から見える、無数の街明かりと、広大な黒い地帯。かすかに青みがかっているところは海か。やがて視界は白いもやに包まれ、地上の様子が見えなくなった。

打ち上げ、成功。

いや、これは成功と呼べるのか。眼下には、かすかな光をはらんだ夜の惑星があり、数字の9のような南米大陸の形を闇に包んで、徐々に遠ざかってゆく。

いよいよ、記者会見がひらかれるはずだ。声を、届けなければ。そう思うのだけれども、どうしたらいいのか、わからない。足元、はるかかなたの地球に向かって大声をあげてみたものの、それで声が出たのかどうか、自分で聞き取ることはできなかった。さっきまで僕のいたはずの惑星は静かに縮みつづけて、溶け去ろうとしているかのようだった。あせるのをやめた。僕は宇宙空間の果てしない暗がりのなかをただ一人、まっすぐに飛びつづけるよりほかはなかった。

そのうちに、ああこれは夢かという自覚が芽生えると、飛んでいる感覚があやふやになり、目を開けるとともに、部屋のベッドのうえに僕の体は不時着した。暗い室内で、ぼんやりと天井が見えている。まだ夜が明けていないようだったので、僕はふたたびまぶたを閉じた。それから夢の続きを見ることもなく、しばらくうとうとしているうちに眠り込んでいた。

目を覚まして枕元の時計を手に取ると、セットしていた時刻より、まだだいぶ早かった。いつもなら、規則的な電子音を聞いてから一時的に音を止め、五分後に鳴りはじめたらまた止めて、ということを何度か繰り返しながら徐々に眠りをあきらめるところだけれど、このときは鳴るまえのアラームを切って躊躇《ちゅうちょ》なくベッドから起き出した。カーテンを開けると、朝の白い光に室内が満たされた。

きょうは早めに出社して、朝のうちに記事を書こうと僕は思った。夜中に見た夢のことを記しておきたかった。ひとたび出発してしまえば、もう何も書けなくなってしまわないともかぎらないのだ。

だけど、広報係は僕だけじゃない。観客席で見守ってますよ……、と大森は言った。そのことが、僕を勇気づけてくれている。もし僕が通行人としての職務に失敗したなら、穴もろともに埋め戻されて、直線航路の計画も、鈴木一夫という人間も、初めから存在しなかったことにさえされかねない。でも、大森が見ていてくれる。記事を残してくれる。この世界にささやかなりと痕跡《こんせき》をとどめることにはなるのだろう。出発をまえにして、こんなことを書き連ねているのは悲観的にすぎるだろうか。あるいは、これでもまだ楽観的だろうか。

社内で長年座り慣れた椅子に腰かけて、僕はいまキーボードを打っている。ほかの社員はすでに会場のほうに行っていて、事務室はがらんとして静かだ。この記事をやがて読んでくれるであろう大森君に伝えたい。ありがとう。あとはよろしく頼みます、と。僕はこれから、出発の場に向かおうと思う。

無事にブラジルにたどり着いたら、自分でこの記事の続きを書けるかもしれない。穴をくぐり抜けたさきにも広報係がいる。僕の到着を待っていてくれる。ようやく僕はルイーザと顔を合わせることができるのだ。最後の最後まで、愚かな人間の一人として、わずかばかりの希望を手放さずにいたい。

その日は好天だった。秋の真昼どき、淡く澄みわたった青空に、波の打ち寄せたように白く細い雲の筋が、いくつか並んで浮き出ていた。

トランペットの音がして、小太鼓の連打がそれに続いた。オープニングテーマの鳴りはじめたのを合図に、鈴木一夫が乾いた地面を裸足《はだし》で踏みながら、一人で行進するように円形の会場内へと入ってきた。身に着けているのは競泳用の水泳パンツと、ナイロンの白い帽子のみ。鉄板の塀で渦巻き形に囲まれた現場の内側に、ついに立ち入りが許されたのだ。

入ってすぐの塀ぎわに、白い制服をまとって吹奏楽をかなでる一団がいて、鈴木はそちらにちらと目をやった。同じ制服を着た指揮者が奏者たちのまえに立ち、その手に握ったタクトで軽快に宙をかき混ぜている。

会場には、水色の作業服姿の現場職員たちも大勢いたし、ふだん事務所内で働いている人々の姿もあった。みな観客として、何重もの人垣をなしてまんなかの空間を遠巻きに囲み、日本とブラジルの紙の国旗を手にして振っている。幾多の旗のはざまに、もう一人の広報係である僕がいて、行進する鈴木の姿を目で追っていた。鈴木は視線をせわしなくあちこちに向けていたが、僕と目が合うと、表情を緊張にこわばらせたまま、小さくうなずいてみせたようだった。

僕ら観客はほとんど立ち見だったけれど、例外として仮設の白い天幕が設けられていた。そのしたでパイプ椅子に座っている暗色の背広姿の面々は、親会社や役所などから招かれた来賓たち。後ろのほうの席には当社の役員たちも座っていた。

会場の中心付近に、鼠色のジャージの上下を着た藤原が立っていた。鈴木は吹奏楽のリズムに合わせて歩調を刻みつつ、藤原のいるあたりまで進んでいった。水泳のスタート台らしきものの手前に来て、足を止めた。二番以降のコースはなかったが、台にはしっかり「1」と番号が振られ、背泳用の手すりまでついていた。

スタート台のすぐさきに、あの穴がある。むろん、会場に踏み込んだときから、鈴木の視界を幾度もかすめていたことだろう。鈴木が出発まえに書き残した記事によると、夢のなかに出てきた穴は、広がったりすぼまったりしていたというのだけれど、実際の穴はおとなしいものだ。周囲をコンクリートで固められた穴は、路上のマンホールよりも、いくらか大きい。力士たちがブラジル巡業へ出かける際にも使えるように、というのが大きさを決める目安だった、と鈴木は若いころ、記事に書いたことがあった。

それにしても、と鈴木のそばの穴を見つめながら僕は思う。あそこに将来、乗り物を走らせるとなると、穴のサイズはあんなもので足りるのだろうか。ブラジル側と日本側から同時に走らせる複線はまず無理として、単線でもきわどそうだ。まさか、設計ミスではないのだろうが……。

鼓舞するような吹奏楽の調べはなおも続いていた。背後から藤原に呼ばれ、振り返って二、三歩、鈴木はスタート台から離れた。すると、白髪のボサボサ頭に、しわの寄った白衣姿の杉本が、人垣のあいまから抜け出し、歩み寄っていった。

杉本は、片手に持っていた小瓶のなかにもう片方の手先を突っ込むと、粘り気のある銀色の液体を指にまとわりつかせ、鈴木の左胸の肩に近いあたりに円を描くようになすりつけていった。右胸のほうにも、同様に銀色の液体がすり込まれた。それから、腹の左寄りと、右寄り。続いて反対を向くように言われたらしく、鈴木はまた穴のあるほうに向き直った。胸と腹の円のちょうど裏側にあたる背中の四ヶ所にも、杉本の指先が円を描いていった。

白い天幕のしたの特等席では、背広姿の来賓たちが、鈴木と杉本の姿を横目に何かをささやき合っている。いったい、あの銀色の丸はなんでしょうね。そんなことを言い交わしているのだろうか。なにがしかの科学的な効能があるのでは、と僕はぼんやりと考えていた。

鈴木もまたけげんに思ったらしく、背後の杉本に小声で問いかける様子だった。杉本が、鈴木の耳元でささやき返した。鈴木の表情が、心持ち曇ったように見えた。

「これは、なんでしょう」

「飾り立てているんですよ。晴れの舞台ですから」

そんなやりとりだったと、あとで杉本から聞き出した。その場では聞こえなかった会話でも、事後の取材でわかったことは、記事に書き込んでゆく。

銀色の飾りつけを終えた杉本は、人垣のほうへと戻っていった。

吹奏楽のリズミカルな旋律が響くなか、鈴木は念入りに膝《ひざ》の屈伸運動をしたり、足首を回したり、アキレス腱《けん》を伸ばしたりしていた。高校時代最後の水泳の県大会のことを思い起こしていたのだろうか。今度こそ、しくじるわけにはゆかない。着実に、敏捷《びんしょう》に、飛び込まなくては。そんなふうに、心に念じていたのかもしれない。

緊張を解きほぐすかのように、軽く肩を回しながら、鈴木はスタート台のわきに進み出た。少し首を伸ばして、穴のなかをのぞき込む。真っ暗だ。胸中に不安がきざすのを覚えたものか、鈴木はそばにいた藤原のほうを振り返って言った。

「本当に、穴の底は抜けてるんでしょうか。闇しか見えませんが」

「そりゃそうだ。こっちは真っ昼間でも、むこうは真夜中なんだぞ」

そう聞いて、鈴木はまた穴のほうにまなざしを向ける。彼の目に映っているのは、円く切り取られたブラジルの夜空なのかもしれなかった。じっと見つめていても、さすがに星座まで浮かび上がってくることはなかっただろうけれど。

若き日の山本清晴は、「だって、近道じゃありませんか」と述べたという。それから歳月を重ねて、鈴木一夫がここにたどり着くまでの道筋は、ずいぶんなまわり道ではなかったろうか。

演奏が止まった。いよいよか。僕は緊張に身を固くした。鈴木はいったん後ずさりして、ゆっくりと深呼吸した。藤原が、ポケットから小型のピストル状の黒いものを取り出した。号砲を撃つためのものだろう。ピストルのさきを下に向けて持ち、

「頼んだぞ」

と藤原が鈴木に耳打ちするように言った。鈴木は無言でうなずいた。

「やめろ」と突然、大きな声があがった。

人垣のなかから作業服姿の若者が一人、飛び出してきた。

「こんなの無茶だ。公開処刑じゃないか。この人が何をしたっていうんだ。見ちゃいられないよ」

鈴木一夫を指さしながらそう叫んだ若者のほうへ、藤原が大げさな身振りでピストルを向けた。引き金を引いたところで音が鳴るだけにもかかわらず、若者は動転したか、おびえた様子で両手をゆっくりと挙げた。こらえかねたような笑いのさざめきが場内に起こった。

ドンッ。

藤原が太い声で発砲音をまねた。ひゃっ、と声を漏らして若者が尻《しり》もちをついた。あたりを包む笑いが一気に沸騰した。

作業服を着た男が二人、人垣から出てきて若者に取りついた。一人が若者の脇腹を両手でくすぐると、たまらず若者も笑い声をあげた。もう一人の男が片手で若者の目を覆った。若者は起き上がらされ、二人に両腕をつかまれて、円形の会場のそとへと連れ出されていった。鈴木は遠ざかってゆく若者の後ろ姿にじっと目を向けて、たたずんでいた。僕の命を気にかけてくれて、ありがとう。鈴木のまなざしが、若者の背中にそう語りかけているようだった。

藤原が出発の準備を促すべく、笛を吹いた。鈴木は張り詰めた面持ちで、前方に歩み出た。

スタート台に片足を載せ、もう片方の足も引き上げる。地面から、たった一段分の高低差。だが、鈴木一夫はいま、この地球上でもっとも高いところに立っているのだ。眼下には、底のない穴。不意に、鈴木の足元から震えが立ちのぼってくる。

やっぱり、やめます。鈴木がそう宣言することはないかと、僕ははらはらしながら見つめていた。通行人Aがあのスタート台から降りたら、代わりに通行人Bが服を脱いで水泳パンツ一丁になり、あの穴のまえに進み出ることになっている。いざとなると、鈴木の足の震えは僕の震えでもあって、自分にはとうてい、あの台にのぼることはできないと自覚せざるをえなかった。

なかば鈴木一夫になる。きのう僕は鈴木に向かってそう言った。けれども、こんな場所に立たされるのであれば、半分だけでも鈴木になるのは並大抵のことではない。けっきょくのところ、僕にふさわしいのは舞台のうえではなく、観客席なのだろうか。

鈴木は、穴からそらした視線をあてどなく周囲に泳がせた。ここに立っている男が穴のなかに飛び込んでゆく瞬間を見逃すまいと、取り巻いた人々の幾多の目が鋭く鈴木に向けられている。人垣の途切れたところに土砂の山があり、てっぺんには黄色いショベルカーが停まっている。その無人のショベルカーまでもが、運転席のガラスを光らせて、鈴木をじっと見下ろしているかのようだった。

ふたたび、鈴木は穴へと視線を向ける。水の張られていない、深々と続く縦穴型のコース。ルイーザによれば、穴の向こうで待ちかまえているのは大きな虫捕り網だ。

頭から落ちるか、足から落ちるか。もちろん、頭だ。頭から突っ込んでゆけば、あちらへ着いたころにはきちんと足が下になっている。真っ昼間から、真夜中へ。スズキ・カズオは、カズオ・スズキに。すべてが逆さになったとき、ブラジルの土を踏んでいるのだ。そのように念じて、鈴木はおのれを奮い立たせていたかもしれない。虫捕り網を二重にするように、ルイーザに頼んでおけばよかった！　そんな後悔が胸をよぎることもあっただろうか。どれだけ時間がかかっても、いつか鈴木がここへ帰還することがあったなら、このときの心境を尋ねてみたい。

「用意」と藤原が告げ、ピストルを上空に向けて掲げた。

まもなく、出発の正午。鈴木は膝を曲げ、両手を足元に向けて伸ばし、頭を下げて、飛び込もうとする姿勢をとった。あたりに静寂が張り詰める。僕は自身の鼓動の高鳴りを聴いていた。

いま、突如として大雨が降りだし、火薬を濡《ぬ》らして号砲を駄目にしてしまえばいい。行かないでください、鈴木さん。あなたは立派な臆病者《おくびょうもの》だったはず。なぜ、きょうはこんなにも晴れているのだろう。

号砲が鳴った。穴のなかに手を伸ばすようにして、鈴木は足のさきでスタート台を軽く蹴《け》り、頭から重力に引き込まれていった。たったいままでそこに立っていた男が、穴のなかに姿を消した。

トランペットがファンファーレを奏で、小太鼓が連打でそれに唱和した。白い制服姿の指揮者が大きく両手を上空に掲げている。締めくくるようにタクトが振り下ろされると、シンバルの金属音が力強く鳴り響く。

遠慮深く様子を探るような拍手の音が、あちこちからまばらに聞こえだす。日本とブラジルの紙の国旗がそろそろと揺らぎはじめる。白い天幕のしたの人々がパイプ椅子から相次いで立ち上がり、大きく手を叩《たた》く。その響きが、燃え広がるように観衆に伝わってゆく。熱を帯び、激しさを増して響きわたる拍手と小旗の音に包まれながら、誰もいなくなったスタート台を、僕は呆然《ぼうぜん》と見つめていた。

真夜中のブラジルで、わたしは来客の到着を待っていた。穴をすっぽりと覆うように虫捕り網をかぶせ、わたしを含めて五人がかりで柄の部分にかがみ込み、地面にきつく押さえつけていた。網にかかった瞬間、一気に横にずらして着地させるのだ。

もうすぐ、穴の向こうの広報係がやってくる。熱心に記事は書くのに、個人的な手紙をしたためるのは苦手らしい男。彼はわたしの手紙を読んで、色鮮やかなインコたちの鳴き交わす自然公園の記事を書いてくれた。ＦＡＸで送られてきた記事を読んだとき、地球の裏側で働く仲間の仕事をいくらかでも手伝えた気がしてうれしかった。もっと手伝えることがあれば、とも思ったけれど、それでは仕事上の手紙になってしまう。個人としての手紙を送りたくて、下書きをしてみたことはあったものの、けっきょく二通目は出さなかった。

でもついに、対面のときが訪れようとしていた。世界でもっとも勇敢な通行人がここへたどり着くのだ。わたしは久しぶりの日本語で、彼とどのくらい会話ができるだろう。話したいことが、何十年分もたまっているのだ。彼からも、たくさん話を聞きたい。そんなことを思いながら、五人の列の一番後ろで、網の柄を両手に握りしめていた。

日付が変わって一分足らずというとき。轟音《ごうおん》とともにすさまじい勢いの風が穴から吹き出て、網を一瞬持ち上げ、過ぎ去っていった。網の底が焼き切れて、焦げくさいにおいが漂いだしていた。

何が突き抜けていったのだろう。ただ一陣の風ばかりだったのか。いや、何者かが確かにここを通過していった。そう信じたかった。

わたしは柄から手を放し、立ち上がって空を見上げた。満天の星がまたたいていた。どこへ行ったのだろう。通り抜けていった者の姿は、見えなかった。

解説　空想力のブレーキペダルを踏まない男

豊崎《とよざき》由美《ゆみ》（書評家）

中学の頃、星新一《ほししんいち》ファンの男子から、ブラジルが陥没した勢いで押し出されるように日本が突出し、列島がヒマラヤ山脈級の高度と化して大騒動というショート・ショートを読まされ、「ありえねー」と笑い呆《あき》れながら「こいつ、天才か？」と感心したことがある。

それから幾星霜、まったく同じ感想を抱いたのが山野辺太郎《やまのべたろう》のデビュー作『いつか深い穴に落ちるまで』だったのだ。

敗戦から数年後、運輸省の若手官僚・山本清晴《やまもときよはる》によって奇想／起草された、闇市のやきとり屋で豚の肝を串《くし》で貫通させるように、温泉を掘る技術を用いて日本とブラジルを直線で結ぶ計画。ブラジル側の了承も得、予算をめぐる大蔵省との果てしない攻防に終止符が打たれて、いよいよ実現に向けて動き出す時が来た。この内密の事業を請け負うために大手建設会社の子会社が設立され、そこに入社して広報係となったのが〈僕〉鈴木《すずき》一夫《かずお》。

小説本篇より先に解説から読まれている皆さんは、ここで早くも「ありえねー」と失笑していることでありましょう。わたしも初めて読んだ時には笑いました。が、しかし、いったん地球内部の構造を忘れて読み進めていってください。山梨県の山あいに建つプレハブ三階建ての事務所並びに宿舎の狭い自室で約35年間を過ごすことになった鈴木一夫の、広報係としての記録というスタイルをとったこのトンデモ小説に魅了されること請け合いですから。

日本とブラジルの双方から掘り進められていく深い穴。まずは、〈この穴の計画発案から事業開始に至るまでの前史を調べ、文書化すること〉から仕事を始めた若き日の〈僕〉は、この長い年月の間にさまざまな経験を積んでいくことになる。

ブラジル側で自分と同じ広報の職についている女性ルイーザに、写真を見ただけで抱いてしまう恋心。発案者である清晴の息子から聞く、人間魚雷の搭乗員として死ぬはずだったという清晴の戦争体験。ポーランドからやってきた、スパイかもしれない謎の男コヴァルスキとの温泉巡り。〈ポーランドという国は、繰り返し、この世界から姿を消しているんです〉と語りかけるコヴァルスキの、日本の計画に期待しているのは〈わたしたちは、今度危機があったら国土を全部丸めて穴のなかに持ち込んで、危機が去ったら穴の向こう（ニュージーランド↑筆者註《ちゅう》）の羊と一緒に戻って〉きたいからという言葉。そんな切実な願いを受けとめる一方で、金正日《キムジョンイル》の長男・金正男《キムジョンナム》を彷彿《ほうふつ》とさせる人物の女性秘書と東京ディズニーランドデートを楽しみ、ワンナイトラブに至ってしまう〈僕〉。

そうした見聞や体験、穴掘りの進捗《しんちょく》を、プライベートなエピソードも交えながら、淡々とした文章で記録に残していく。仕事以外は他県に出て行くこともなく、事務所と穴を掘ってるうちに湧き出た温泉と四畳半の自室を行き来するだけで、結婚もせず、独り身のまま約35年間を過ごしてしまう。そんな〈僕〉の平凡と非凡の境目を見失いそうになる人物造型と、日本とブラジルを穴を掘って一直線に結ぶという奇想が、一種異様な迫力と脱力をもって読者ににじり寄ってくる小説なのだ。

25歳の無職の主人公がスポーツ新聞の求人欄で目にした〈渾沌島取材記者／経験不問要覚悟／長期可薄給裸有〉という三行広告に応募し、島なのか生命体なのか判然としない存在の調査と保護を目的とする船に乗り込むことになる『こんとんの居場所』（国書刊行会）。少年時代に行方をくらませた父親から伝えられた恐竜時代の記憶を、中年になって「世界オーラルヒストリー学会」で披露することになった男の物語『恐竜時代が終わらない』（書肆《しょし》侃侃房《かんかんぼう》）。

『いつか深い穴に落ちるまで』の後に発表した作品においても、山野辺太郎は空想力のブレーキペダルを踏まない。科学的根拠を一切示さないまま、空想のアクセルを踏み続ける。で、突き抜ける。

日本とブラジル双方から掘り進めて貫通した暁にはどうするのか。競泳用の水泳パンツ一丁姿の鈴木一夫が〝人間魚雷〟のごとく頭から飛び込んでいくのである。

〈現場の人たちは地球を掘りつづけて、穴を築き上げました。僕は言葉を使って、穴の歴史をささやかながらつむいできました。僕にだって穴をつくってきた責任がある。責任を、まっとうしたいんです〉というプライドをもって。

では、ブラジル側は鈴木をどうやって迎えるのか。網で、なのである。

〈穴に落ちると地球の中心付近までぐんぐん重力に引っ張られてゆき、その惰性で速度を落としながら反対側まで突き抜けたところで、網をかまえたブラジル側の人々が僕の体をすくい取る〉

「ありえねー」（大笑い）。水泳パンツ一丁の57歳のおじさんが地球の中を突っ切っていくさまを思い浮かべるだけで可笑《おか》しいし、それを大きな網で受け止めようとするブラジル人を想像した日には腹筋がよじれそう！

はてさて、この計画がどんな結末を迎えるのか。読み終えた皆さんが、わたしと一緒に「こいつ、天才か？」と感嘆の声を上げてくれるのか。「科学的根拠」なんていうつまらない言葉は脇に置いて、ノンブレーキの空想力を最後までお楽しみください。

本書は、二〇一八年十一月に河出書房新社から
刊行された単行本を文庫化したものです。
初出　「文藝」二〇一八年冬季号

いつか深《ふか》い穴《あな》に落《お》ちるまで

山《やま》野《の》辺《べ》太《た》郎《ろう》

令和６年 12月25日　初版発行

発行者●山下直久

発行●株式会社KADOKAWA
〒102-8177　東京都千代田区富士見2-13-3
電話　0570-002-301（ナビダイヤル）

角川文庫 24456

印刷所●株式会社暁印刷
製本所●本間製本株式会社

表紙画●和田三造

●お問い合わせ
https://www.kadokawa.co.jp/（「お問い合わせ」へお進みください）
※内容によっては、お答えできない場合があります。
※サポートは日本国内のみとさせていただきます。
※Japanese text only

ISBN 978-4-04-115146-4　C0193

◇◇◇

角川文庫発刊に際して

角川源義

第二次世界大戦の敗北は、軍事力の敗北であった以上に、私たちの若い文化力の敗退であった。私たちの文化が戦争に対して如何に無力であり、単なるあだ花に過ぎなかったかを、私たちは身を以て体験し痛感した。西洋近代文化の摂取にとって、明治以後八十年の歳月は決して短かすぎたとは言えない。にもかかわらず、近代文化の伝統を確立し、自由な批判と柔軟な良識に富む文化層として自らを形成することに私たちは失敗して来た。そしてこれは、各層への文化の普及滲透を任務とする出版人の責任でもあった。

一九四五年以来、私たちは再び振出しに戻り、第一歩から踏み出すことを余儀なくされた。これは大きな不幸ではあるが、反面、これまでの混沌・未熟・歪曲の中にあった我が国の文化に秩序と確たる基礎を齎らすためには絶好の機会でもある。角川書店は、このような祖国の文化的危機にあたり、微力をも顧みず再建の礎石たるべき抱負と決意とをもって出発したが、ここに創立以来の念願を果すべく角川文庫を発刊する。これまで刊行されたあらゆる全集叢書文庫類の長所と短所とを検討し、古今東西の不朽の典籍を、良心的編集のもとに、廉価に、そして書架にふさわしい美本として、多くのひとびとに提供しようとする。しかし私たちは徒らに百科全書的な知識のジレッタントを作ることを目的とせず、あくまで祖国の文化に秩序と再建への道を示し、この文庫を角川書店の栄ある事業として、今後永久に継続発展せしめ、学芸と教養との殿堂として大成せんことを期したい。多くの読書子の愛情ある忠言と支持とによって、この希望と抱負とを完遂せしめられんことを願う。

一九四九年五月三日